贫血集

老舍 著

泰山出版社 · 济南 ·

图书在版编目（CIP）数据

贫血集 / 老舍著. -- 济南：泰山出版社，2024.6
（中国近现代名家短篇小说精选）
ISBN 978-7-5519-0837-5

Ⅰ.①贫… Ⅱ.①老… Ⅲ.①短篇小说－小说集－中国－现代 Ⅳ.①I246.7

中国国家版本馆CIP数据核字(2024)第105802号

PINXUE JI

贫血集

责任编辑 程 强
装帧设计 路渊源

出版发行 泰山出版社
        社 址 济南市泺源大街2号 邮编 250014
        电 话 综 合 部（0531）82023579 82022566
              出版业务部（0531）82025510 82020455
        网 址 www.tscbs.com
        电子信箱 tscbs@sohu.com
印 刷 山东通达印刷有限公司
成品尺寸 140 mm×210 mm 32开
印 张 6.25
字 数 120千字
版 次 2024年6月第1版
印 次 2024年6月第1次印刷
标准书号 ISBN 978-7-5519-0837-5
定 价 32.00元

凡　例

一、本书收录了作者的经典短篇小说，主要展现了作者的思想情感、审美取向与价值观念，以及当时的时代风貌等。

二、将作品改为简体横排，以适应当代的阅读习惯。原文存在标点不明、段落不分等不便于阅读之处，编者酌情予以调整。

三、作品尽量依照原作，以保持原作风格及其时代韵味，同时根据需要，对原文进行了适当的删减和订正。

四、对有些当时惯用的文字，如"的""地""得""作""做""哪""那""化钱""记帐"等，仍多遵照旧用。

目 录

1

贫血集

小序

三年来，因营养不良，与打摆子，得了贫血病。病重的时候，多日不能起床；一动，就晕得上吐下泻。病稍好，也还不敢多作事，怕又忽然晕倒。

以贫血名集，有向读者致歉之意；其人贫血，其作品亦难健旺也。

老舍　于北碚。

恋

　　在成都的西龙王街，北平的琉璃厂与早市夜市，济南的布政司街，我们都常常的可以看到两种人。第一种是规规矩矩，谨谨慎慎，与常人无异的；他们假若有一点异于常人的地方，就是他们喜欢收藏字画，铜器，或图章什么的。这点嗜好正像爱花，爱狗，或爱蟋蟀那样的不足为奇。以职业而言，他们也许是公务人员，也许是中学教师。有时候，我们也看见律师或医生，在闲暇的时候去搜检一些小小的珍宝。这些人大致都有点学识。他们的学识使他们能规规矩矩的挣饭吃。他们有的挣得钱多，有的挣得钱少，但他们都是手中一有了余钱，便化费在使他们心中喜悦而又增加一些风雅的东西上。有时候，他们也不惜借几块钱，或当两件衣服，好使那爱不释手的玩艺儿能印上自己的图章，假若那是件可以印上图章的物件。

第二种人便不是这样了。他们收藏，可也贩卖。他们看着似乎很风雅，可是心中却与商人没什么差别。他们的收藏差不多等于囤积。

现在我们要介绍的庄亦雅先生是属于第一种的。

庄先生是济南的一位小绅士。他之取得绅士的地位，绝不是因为他有多少财产，也不是因他的前辈作过什么大官。他不过是个普通的大学毕业生，有时候作作科员，有时候去当当中学教师。但是，对人对事都有一份儿热心，无论是在机关里，还是学校里，他总是个受人之托，劳而无怨的人。他不见得准能把事办得很漂亮，但是他肯于帮朋友的忙。事情办多，他便有了经验。社会上大家都是懒惰的，往往因为自己偷懒，而把别人的一分经验看成十分。因此，庄先生成为亲友中的重要的人，成为商店饭馆的熟客，成为地方上的小绅士。

从大体上说，他是个好人。从大体上说，他也是个体面的人。中等身材，圆圆的脸，两个极黑极亮的眼珠，常常看着自己的胸和鼻子，好像怕人家说他太锋芒外露似的。他的腿很短，而走路很快，终日老像忙得不得了的样子。有时候，他穿中山装；有时候，他穿大褂；材料都不大好，可是全很整洁。襟上老挂着个徽章。

他结了婚，没有儿女。太太可是住在离城四十多里的乡村里。因为事多，他不常常下乡，偶尔回一次家，朋友们便都感觉得寂寞，等到他一回来，他的重要就又增加了许多。有好多好多事都等着他的短腿去奔跑呢。

虽然走得很快，他的时时打量着自己胸部或鼻子的眼可是很尖锐。路旁旧货摊上的一张旧黄纸，或是一个破扇面，都会使他从老远就杀住脚步，慢慢的凑到摊前，然后好像是绝对偶然立住。他爱字画。先随手的摸摸这个，动动那个，然后笑一笑，问问价钱。最后，才顺手把那张旧纸或扇面拿起来，看看，摇摇头，放下；走出两步，回头问问价钱，或开口就说出价钱："这个破扇面，给五毛钱吧。"

块儿八毛的，一块两块的，他把那些满是虫孔的，乌七八黑的，摺皱的像老太婆的脸似的宝贝，拿回去。晚上，他锁好了屋门，才翻过来掉过去的去欣赏，然后编了号数，极用心的打上图章，放在一只大楠木箱里。这点小小的辛苦，会给他一些愉快的疲乏，使他满意的躺在床上，连梦境都有些古色古香似的。

　　大小布政司街的古玩铺，他也时常的进去看看。对于那些完整的，有名的，成千成百论价的，作品，他只能抱着歉意的饱一饱眼福。看罢，惭愧的一笑，而后必恭必敬的卷好，交还人家。他只能买那值三五块钱的"残篇断简"，或是没有行市的小名家的作品。每逢进到这些满目琳琅的铺子里，他就感到自己的寒酸。他本来没有什么野心，但是一进古玩店，他便想到假若发了财，把那几幅最名贵的字画买回家去，盖上自己的图章，该是多么得意的事呀！

　　"看一看"便是主顾，这是北方商家的生意经。虽然庄先生只"看"贵的，而买贱的，商人家可并不因此而慢待了他。他们愿意他来看，好给他们作义务宣传。同时，他们有便宜而并不假的东西，还特意的给他留着。他们知道"爱"是会生长的东西，只要他不断的买小件，有那么一天他必肯买一件大的。

　　一来二去，庄先生成了好几家古玩铺的朋友。香烟热茶，不用说，是每去必有了；他们还有时候约他吃老酒呢。他不再惭愧。果然不出所料，他给他们介绍了生意。那些有钱而实在无处去化的人，到最后想到买几幅字画，或几件古董，来作富户的商标。他们钻天觅缝的找行家，去代他们作义务的买办，唯恐化了冤枉钱。很自然的，他们找到庄亦雅先生——既是绅士，又肯帮忙，而且懂眼。

在作这种义务买办的时候，庄先生感到了兴奋与满意。打开，卷起，再打开；一张名画经他看多少次，摸多少回，每回都给他带来欣悦，都使他增加一些眼力与知识。在生意成交之后，买主卖主都请他吃酒。吃酒事小，大家畅谈倒事大，他从大家的口中又得到许多知识。再说，几次生意成交之后，他的地位也增高了许多。可以大胆的拒绝商人们特意给他保留着的小物件了。"这两天手里没闲钱，"或是"过两天再说吧！"他这样的表示出，你们不能塞给我什么，我就拿什么，我也有眼力。为应付这个，商人们又打了个好主意，把他称作"收藏山东小名家的专家"。以庄先生的财力，收藏家这头衔是永远加不到他身上的。而今，他居然被称为收藏家了，于是也就不管那个称号里边所含的讽刺，而坦然的领受了。

有了这个头衔以后，庄先生想名符其实的真去作个专家。他开始注意山东省的小名家，而且另制了一只箱子，专藏这路的作品。现在，他肯化一二十块，甚至三十块钱，买一张字或画了，只要那是他手中还没有的乡贤的手迹。他不惜和朋友们借债，或把大衣送到当铺去；要作个专家就不能不放开一点胆子喽。这些作品的本身未必都有艺术的价值，搁在以前，他也许连看也不要看，但是现在他要化十块二十块的去买来了。收藏是收藏，他可以，甚至应当，和艺术的价值分离，而成为一种特异的，独立的，嗜癖与欣悦。

在以前，那用三毛两毛买来的破纸烂画的上面，也许只有一朵小花，或两三个字，是完整的，看得清楚的。但是那的确是一朵美丽的花，或可爱的字。他真喜爱它们，看了还要再看。他锁上房门去看它们，一来是为避免别人来打搅，二来也是怕别人笑他。自从得了专家的称呼，他不但不再锁起门来，而且故意的使大家知道了。每逢得到一件新的小宝物，他的屋里便拥满了人。他的极黑极亮的眼珠不再看着自己的鼻子，而是兴奋的乱转，腮上泛起两朵红的云。他多少还有点腼腆，但是在轻咳过一两次后，他的胆子完全壮了起来。他给他们讲说那小名家的历史，作风，和字或画上的图章与题跋。他不批评作品的好坏，而等着别人点头称赞。假若大家看完，默默不语，他就再给大家讲说，暗示出凡是老的，必是好的，而且名家——即使是小名家——的手下是没有劣品的。他的话很多，他的心跳得很快，直到大家都承认了那是张杰作的时候，他才含笑的把它卷好，轻轻放下；眼珠又去看看鼻子。

他的收入，好几年没有什么显然的增减。他似乎并不怎样爱钱。假若不是为买字画，他满可以永远不考虑金钱的问题。他有教书或作事的本领，而且相当的真诚，又没有什么不良的嗜好，在他想，顾虑生计简直是多此一举。

自从被称为专家，他感到生活增加了趣味与价值，在另一方面可是有点恨自己无能，不能挣更多的钱，买更好的字画。虽然如此，他可是不肯把字画转手，去赚些钱。好吧坏吧，那是他的收藏，将来也许随着他入了棺材，而绝对不能出卖。他不是商人。有时候，他会狠心的送给朋友一张画，或一幅字，可是永没有卖过。至多，他想，他只能兼一份儿差事，去增加些收入。但是事情多了，他便无暇去溜山水沟，和到布政司街去饱眼福。他需要空闲，因为每一张东西都须一口气看几个钟头。

既不能开源，他只好节流。这可就苦了他的太太。

本来就不大爱回家，现在他更减少了回去的次数。这样，每逢休假的日子，他可以去到古玩铺或到有同好的朋友的家中去坐一整天；要不然，就打开箱子，把所有的收藏都细看一遍，甚至于忘了吃饭。同时，他省下回家来往的路费与零钱。对家中的日用，他狠心的缩减。虽然他也感到一点惭愧，可是细一想呢，欺侮自己的太太总比作别的亏心事要好的多。

在七七抗战那年的春天，朋友们给庄亦雅贺了四十的寿日。他似乎一向没有想过他的年纪，及至朋友们来到，他仿佛才明白自己确是四十岁的人了。他是个没有远大的志愿与无谓的顾虑的人，可是当贺寿的人们散了以后，他也不由的有点感触。四十岁了，他独自默想，可有什么足以夸耀于人的事呢？想来想去，只有一件。几年来，他已搜集了一百多家山东小名家的字画。这的确是一点成绩。前些日子，杨可昌——济南的一位我们所谓的第二种收藏家——居然带来两个日本人来看他的收藏。当时，他并没感到什么得意。反之，那些破纸烂画使他有点不好意思拿出来。可是，在四十的寿日这天一想，这的确有很大的意义。他跑腿化钱，并不是浪费。即使那些东西是那么破烂不堪，但是想想看吧，全国里有谁，有谁，收藏着一百多家山东的小名家呢？没有第二份儿！连日本人都来参观，哼，他的这点收藏已使他有了国际的声誉！他闭上了眼，细细的，反复前后的想，想把这点事看轻，看成不值一笑的事体。然而，这却千真万确，日本人注意到他的收藏是一点也不假。即使自己过火的谦虚，而事实总是事实。想到这里，他在惭愧，感慨，无可如何之中，感到了一点满意。生平没有别的建树，却"歪打正着"的成为收藏家，也就不错。这一生总算没有白活。人死留名，雁过留声呀！为招待亲友，他也很疲乏，但是想到这里，他又兴奋起来，把那一百多家的作品要从新看一遍。拿起任何一张，他都不忍释手，好像它们又比初买的时候美好了多少倍。就是那些虫孔都另有一种美丽，那些尘土都另有一种香味。看到第三十二张，他抱着它睡去了。

寿日的第二天，他发了个新的誓愿：我，庄亦雅，要有一件真值钱的东西！

夏初，一家小古玩商得到一张石谿的大幅山水，杨可昌与庄亦雅前后得到了消息。杨先生想赚一笔钱，庄先生想化一笔钱买过来，作传家之宝。那张山水画得极好，裱工也讲究，可惜在左下角有图章的地方残缺了一块。图章是看不见了；缺少的一角画面却被不知哪个多事的人补上几笔，补得很恶劣。杨先生是迷信图章的。既无图章，而补的那几笔又是那么明显的恶劣，所以他断定那幅画是假的。虽然他也知道那是张精品。在鉴赏之外，自然他还另有作用。他想用假画的价钱买过来，而后转手卖给日本人。他知道，那张画确是不错；而且，即使是假的，日本人也肯出相当高价买去，因为石谿在东洋正有极大的行市。

杨先生是济南鉴别古董的权威，而好玩古董的人多数又自己没长着眼睛，于是石谿的那张画便成了大家开心的东西。"去看看假石谿呀！"当他们没有事的时候，就这样去与那位小古玩商开个小玩笑。来看的人很多，而没有出价钱的——谁肯出钱买假东西呢？

最后，杨先生，看时机已熟，递了个价——二百五十元，不卖拉倒。他心中很快活，因为他一转手就起码能卖八百元，干赚五六百！

庄先生也看准了那张画。跑了不知多少次，看了不知多少回，他断定那一定是真的。每看一次，他的自信心便增高一分，要买到手里的决定也坚强了一些。但是，每看一次，他的难过也增加了许多。他没有钱。

有好几天，他坐卧不安，翻来复去的自己叨唠："收藏贵精不贵多！石谿！石谿！有一张石谿岂不比这两箱陈谷子烂芝麻强？强的多！这两箱子算什么？有一张石谿才镇得住呀！哪怕从此以后绝对，绝对不再买任何东西呢，这张石谿非拿来不可……"他想去借钱，又不好意思。当衣服？没有值钱的。怎办呢？怎办呢？

及至听到杨先生出了二百五十元的价，他不能再考虑，不能再坐。一口气，他跑到小古玩店。他的手心出着汗，心房嘣嘣的乱跳，越要镇静，心中越慌，说话都有点结巴：

"我，我，我再看看那张假石谿！"

画儿打开。他看不清。眼前似乎有一片热雾遮着。其实他用不着再看，闭着眼他也记得画上的一切，愣了一会儿，他低声的说：

"我给五百！明天交钱！怎样？"

他闭住气等待回答，像囚犯等着死刑的宣判似的。好容易，他得到了商家的"好吧"两个字。他昏迷了一小会儿。然后疯也似的跑回家，把太太的金银首饰，不容分说的，一股拢总都抢过来，飞快的又往回跑。

他得到了那张画。

可是，也和杨先生结了仇。

杨先生，因为没得到那件赚钱的货物，到处去宣传庄亦雅是如何可笑的假内行，花五百元买了一张假画。全济南的收藏家几乎都拿这件事作为茶余酒后说笑话的好资料，弄得庄亦雅再也不敢在光天化日之下去逛古玩铺。可是，他并不妥协，既不肯因闲话而看轻那张画，也不肯因恢复名誉而把画偷偷的再卖出去，他仍旧相信，他是用最低的价钱得到一幅杰作。

在六月间，由北平下来一位姓卢的鉴赏家。卢先生的声望是国际的，字画上只要有他的图章，就是欧美的收藏家也不敢微微的摇一摇头。庄亦雅把那张石谿拿去给卢先生看，卢先生没说什么，给画上打了个图章。等庄亦雅抱着画要走的时候，卢先生才很随便的问了声："我给你一千二，你肯让给我不呢？"庄亦雅没敢回答什么，只把画儿抱紧了一些。"没关系！"卢先生表示了决不夺人所好。庄亦雅抱歉的，高兴的惶惑而兴奋的，告了辞。

杨可昌低声下气的来看庄亦雅。他知道自己的眼力与声誉远不及卢先生。卢先生既说那张石谿是真的，他自己要是再说它是假的，简直就是自己打碎自己的饭碗。他想对庄亦雅说明，他以前的话不过是朋友们开开小玩笑，请庄先生不要认真。庄亦雅没有见他！

七七抗战。济南也与其他的地方一样，感到极度的兴奋。庄亦雅也与别人一样，受了极大的刺激，日夜期待着胜利的消息。

消息，可是，越来越不好。最使人不安的是车站上的慌乱与拥挤。谁也不知道上哪里去好，而大家都想动一动；车站上成为纷乱与动摇的中心。庄先生看着朋友们匆匆的逃往上海，青岛，南山，而后又各处逃了回来。他心中极其不安，但是不敢轻意的逃走，他是济南人，他舍不得老家。再说，即使想逃，应当跑到哪里去呢？逃出去，怎样维持生活呢？他决定看一看再说。好在自己还没有儿女，等到非跑不可的时候，他和太太总会临时想主意的。

沧州沦陷了，德州撤守了，敌机到了头上，泺口炸死了人，千佛山上开了高射炮。消息很乱，谣言比消息更乱。庄亦雅决定先下乡躲一躲。别的且不讲，他怕那两箱子画和石谿毁灭在炸弹下。腋下夹着石谿，背上负着一大包袱小名家，他挤出城去。雇不着车子。步行了十里。听到前边有匪。他飞快的往回跑。跑回来，他在屋中乱转了有十分钟。他不为自己忧虑什么；对太太，他简直的不去费什么心思。乡下人有几亩地，地不会被炮火打碎，用不着关心。他只愁石谿与那些小名家没有安全的地方去安置。又警报了。他抱着那些字画藏在了桌子底下。远处有轰炸的声响。他心里说："炸！炸吧！要死，我教这些字画殉了葬！"

敌人已越过德州，可是"保境安民"的谣言又给庄亦雅一点希望。他并非完全没有爱国的心，他不愿听这类可耻的谣言。可是，为了自己心爱的东西，仿佛投降也未为不可。

杨可昌来看了他一次，劝他卖出那张石谿，作为路费，及早的逃走。"你不能和我比，"他劝告庄先生，"我是纯粹的收藏家，东洋人晓得。你，你作过公务人员和教员，知识分子，东洋人来到，非杀你的头不可！"

"杀头？"庄亦雅愣了一会儿。"杀头就杀头，我不能放手我的石谿！"

杨可昌走后，庄先生决定不带着太太，而只带着石谿与山东小名家逃出去。但是，走不成。敌机天天炸火车。自己没关系，石谿比什么也要紧。他须再等一等。

敌人到了。他并不十分后悔。每天，他抱着石谿等候日本人，自言自语的说："来吧！我和石谿死在一处！"

等来等去，又把杨先生等来了。

庄亦雅，本是个最心平气和的人，现在发了怒。这些日子所受的惊恐与痛苦，要一股脑儿在杨可昌身上发洩出来："你又干吗来了？国都快亡了，你还想赚钱吗？"

"不必生气，"杨可昌笑着说，"听我慢慢的说。你知道东洋人最精细，咱们谁手里收藏着什么，他们全知道。他们知道你有石谿。他们的军队到，文人也到。挨家收取古物。你要脑袋呢，交出画来。要画呢，牺牲了脑袋！"

"好！我的脑袋，我的画都是我自己的！请不必替我担心！"

"你真算个硬汉！"

"硬不硬，用不着你夸奖！"

"别发脾气好不好？"杨先生又笑了。"告诉你吧，我不是来跟你要画，我来给你道喜！"

"道喜？你干吗跟我开这个玩笑呢？"

杨先生的脸上极严肃了："庄先生！东洋人派我来，请你出山，作教育局长！"

"嗯？"庄亦雅像由梦中被人唤醒似的发出这个声音

来。待了一会儿，"我不能给东洋人作事！"

"我忙得很，咱们脆快的说吧。"杨先生的眼像要施行催眠术似的钉住庄亦雅的脸。"你要肯答应作局长，你可以保存这点世上无双的收藏，不但保存，东洋人还可以另送你许多好东西呢！你若是不肯呢！他们没收你的东西，还要治罪——也许有性命之忧吧！怎样？"

好大半天，庄先生说不出话来。

"怎样？"杨先生催了一板。

庄先生低着头，声音极微的说："等我想一想！"

"要快。"

"明天我答复你！"

"现在就要答复！"杨先生看了手表，"五分钟内，给我'是'，或是'不是'！"

杨先生的一枝香烟吸完，又看了看表。"怎样？"

庄亦雅对着那两只收藏字画的箱子，眼中含着泪，点了点头。

恋什么就死在什么上。

原载1943年3月15日《时与潮文艺》创刊特大号

小木头人（童话）

按理说，小布人的弟弟也应该是小布人。呕，这说得还不够清楚。这么说吧：小布人若是"甲"，他的弟弟应该是小布人"乙"。

不过事情真奇怪，小布人的弟弟却是小木头人。他们的妈妈和你我的妈妈一样，可是不知怎的，她一高兴，生了一个小布人，又一高兴生了个小木头人。

小布人长得很体面，白白胖胖的脸，头上梳着黑亮的一双小辫儿，大眼睛，重眉毛，红红的嘴唇。就有一个缺点，他的鼻子又短又扁。他的身上也很胖。因为胖，所以不怕冷，他终年只穿一件大红布兜肚，没有别的衣服。他很有学问，在三岁的时候，就认识了"一"字，后来他又认识了许多"一"字。不论"一"字写的多么长，多么短；也不论是写在纸上，还是墙上，他总会认得。现在他已入了初中一年级，每逢先生考试

"一"字的时候，他总考第一。

小木头人没有他哥哥那么体面。他很瘦很干，全身的肌肉都是枣木的。他打扮得可是挺漂亮：一身木头童子军服，手戴木头手套，足登木头鞋子，手中老拿一根木棒。他的头很小很硬，像个流星锤似的。鼻子很尖，眼睛很小，两颗木头眼珠滴溜溜的乱转——所以虽然瘦小枯干，可是很精神。

呕，忘记报告一件重要的事！你或以为小木头人的木头衣服，也像小布人的红兜肚一样，弄脏了便脱下来，求妈妈给他洗一洗吧？那才一点也不对！小木头人的衣服不用肥皂和热水去洗，而用刨子刨。他的衣服一年刨四次，春天一次，夏天一次，秋天一次，冬天一次，一共四次。刨完了，他妈妈给他刷一道漆。春天刷绿的，夏天刷白的，秋天刷黄的，冬天刷黑的；四季四个颜色。他最怕换季，因为上了油漆以后，他至少要有三天须在胸前挂起一个纸条，上写"油漆未干"。假若不是这样，别人万一挨着他，便粘在了一块，半天也分不开。

小布人和小木头人都是好孩子。不过，比较起来吗，小木头人比小布人要调皮淘气些。小布人差不多没有落过泪，因为把布脸哭湿，还得去烘干，相当的麻烦。因此，他永远不惹妈妈生气，也不和别的孩子打架，省得哭湿了脸。小木头人可就不然了。他非常的勇敢，一点也不怕打架。一来，他的身上硬，不怕打；二来，他若是生气落泪，就更好玩——他的眼泪都是圆圆的小木球，拾起来可以当弹弓的弹子用。

比起他的哥哥来，小木头人简直一点学问也没有；他连一个"一"字也不识！他并非不聪明，可就是不用功。他会搭桥，支帐篷，练操，埋锅造饭；干脆的说吧，凡是童子军会的事情他都会。对于足球、篮球、赛跑、跳高，他也都是头等的好手。他还会游泳，而且能在水里摸上一尺多长的鱼来。可是他就是不喜欢读书，他的木头眼珠有点奇怪，能看见书上画着的小人小狗，而看不见字。入小学已经三年多了，他现在还是一年级的学生。先生一考他，他就转着眼珠说："小人拉着小狗，小人拉着小狗。"为有点变化，他有时候也说："小狗拉着小人。"他永远背不上书来。先生并不肯责打他，因为知道他的眼珠是木头的，怪可怜。况且他作事很热心，又会踢球，赛跑，先生想打他也有点不好意思了。小木头人很感激先生，所以老远看到先生就鞠躬；有时候鞠得度数太大，就跌在地上，把小尖鼻子插在土里，半天也拔不起来。

在家里，妈妈很喜爱小布人，因为他很规矩，老实，爱读书。妈妈也很喜爱小木头人，因为他很会淘气。小木头人的淘气是很有趣的。比方说吧，在没有孩子和他玩耍的时候，他会独自想法儿玩得很热闹。什么到井台上去汲水呀，把妈妈的大水缸都倒满。什么用扫帚把屋子院子都收拾得干干净净呀，好叫检查清洁的巡警给门外贴上"最整洁"的条子。什么晚上蹲在墙根，等着捉偷吃小鸡的黄狼子呀——要是不捉到黄狼子呢，起码捉来两三个蟋蟀，放在小布人被子里，吓得小布人乱叫。

这些有趣的玩耍都使妈妈相当的满意。不过，他也有时候招妈妈生气。例如，把水缸倒满，他就跳下去练习游泳，或是扫除庭院的时候，顺手把妈妈辛辛苦苦种的花草也都拔了去，妈妈就不能不生气了。特别是在晚上，他最容易招妈妈动怒。原来，小木头人是和小布人同睡一张床的。在夏天，小布人因为身上很胖，最怕蚊子，所以非放下帐子来不可。小木人呢，一点也不怕蚊子，他愿意推开帐子，把蚊子诱来，好把蚊子的尖嘴碰得生疼。可是，蚊子也不傻呀。它们看见小木人就赶紧躲开。尽管小木人很客气的叫："蚊子先生，请来咬我的腿吧！"它们一点也不上当。嗡嗡的，它们彼此打招呼，一齐找了小布人去，把小布人叮得没办法，只好喊妈妈。妈妈很怕小布人教蚊子咬了，又打摆子。小布人一打摆子就很厉害，妈妈非给他包奎宁馅的饺子吃不可；多么麻烦，又多么贵呀！你看，妈妈能不生小木头人的气吗？

冬天虽然没有蚊子，可是他们弟兄的床上还是不十分太平。小布人睡觉很老实，连梦话也不说一句。小木头人就不然了，睡觉和练操一样：一会儿"拍"，把手打在哥哥的胖腿上，一会儿"噗"，把被子蹬个大窟窿，教小布人没法儿好好的睡。小布人急了就只会喊妈妈，妈妈便又生了气。

妈妈尽管生气，可是不能责打小木人，因为他身上太硬。妈妈即使用棍子打他，也只听得拍拍的响，他一点也不觉得疼。这怎么办呢？妈妈可还有主意，要不然还算妈妈吗？不给他饭吃！哎呀，这一下子可把小木人治服了。想想看吧，小木人虽然是木头的，可也得吃饺子呀，炸酱面呀，鸡蛋糕和棒棒糖什么的呀。他还能光喝凉水不成么？所以，一听妈妈说："好了，明天早上没有你的烧饼吃！"小木人心里就发了慌，赶紧搭讪着说："没有烧饼，光吃油条也行！"及至听见妈妈的回答——"油条也没有"——他就不敢再说一声，乖乖的把胳臂伸得笔直，再也不碰小布人一下。有时候，他急忙的搬到床底下去睡，顺手儿还捉一两个小老鼠给街坊家的老花猫吃。

可是，话又说回来了：小木人虽然淘气，不怕打架，但决不故意欺侮人。每次打架，虽然他总受妈妈或老师的责备，可是打架的原因绝不是他爱欺侮人。他也许多打了人家两下，或把人家的衣服撕破了一块，但是十之八九，他是为了抱不平。这么说吧，比如他看见一个年岁大一点的同学，欺侮一个年岁小的同学，他的眼睛立刻就冒了火。他一点不退缩的和那个大学生死拼。假若有人说他的哥哥，妈妈或先生不好，那就必定有一次剧烈的战争。打完了架，他的小鼻子歪到一边去，身上的油漆划了许多条道子，有时候身上脸上都流出血来（他的血和松香似的，很稠很黏，有点发黄色），直像打完架的狗似的。他是勇敢的。要打就打出个样子来。

更值得述说的是有一次早晨升旗的时候，小木人的旁边的一个烂眼边的孩子没有向国旗好好敬礼。这，惹恼了小木人。他一拳把烂眼边打倒在地上。校长和老师都说他不该打人。可是他们也说小木人是知道尊敬国旗的好孩子。因为打人，校长给小木人记了一过；因为尊敬国旗，校长又给他记一功。

知道尊敬国旗，便是知道爱国。小木人很爱国。所以呢，咱们不再乱七八糟的讲，而要专说小木人爱国的故事了。

小木人的舅舅是小泥人。这位泥人虽然身量很小，可是的的确确是小木人的舅父，所以小木人不能因为舅父的身量小，而叫他作哥哥。况且，小泥人也真够作舅舅的样子，每逢来看亲戚，他必给外甥买来一堆小泥玩艺儿——什么小泥狗，小泥马，小泥骆驼，还有泥作的高射炮和坦克车。小木人和小布人哥儿俩，因此，都很喜欢这位舅父。舅父的下巴上还长着些胡须，也很好玩。小木人有时候扯着舅父的胡子在院中跑几个圈，舅父也不恼。小泥人真是一位好舅舅！

不幸啊，你猜怎么着，泥人舅舅死啦！怎么死的？哼，教炸弹给炸碎了！小泥人生来就不结实，近几年来，时常的闹病，因为上了年纪啊。有一天，看天气晴和，他换了一件蓝色的泥棉袍，买了许多的泥玩艺儿，来看外甥。哪知道，走到半路，遇上了空袭。他急忙往防空洞跑。他的泥腿向来就跑不了很快，这天又忘了带着手杖。好，他还没跑到防空洞，炸弹就落了下来！炸弹落得离他还有半里地，按说他不应当受伤。可是，他倒在了地上，身上的泥全被震成一块一块的了。

这个不幸的消息传到小木人的家中，妈妈哭得死去活来。小布人把布脸哭得像掉在水里一般。小木人的木头眼泪落了一大筐箩。

啼哭是没有用处的，小木人知道。他也知道，震死泥人舅舅的炸弹是日本人的。他要报仇。他爱他的舅舅，也更爱国家。舅舅既是中国人，哪可以随便的挨日本的炸弹呢？他要给舅舅报仇，为国家雪耻！

小木人十分勇敢。说报仇就去报仇，没有什么可商量的。他急忙去预备枪。子弹不成问题，他有许多木头眼泪呢。枪可不容易找。他听老师说，机关枪最厉害，所以想得一架机关枪，哪里去找呢？这倒真不好办。不过，他把机关枪听成了鸡冠枪，于是他就想啊，把个鸡冠子放在枪上，岂不就成了鸡冠枪么？好啦，就这么办。他找了个公鸡冠子，用绳儿捆在自己的木枪上，再把木头眼泪都放在口袋里，他就准备出发了。

小木人的衣帽本是童子军的样式，现在一手托枪，一手拿着木棍，袋中满装子弹，看起来十分的英武。他不愿教妈妈知道，怕她不许他去当兵。他只告诉了小布人，并且教哥哥起了誓，在他走后三天再禀知母亲。小布人虽然胆子小一点，但也知道当兵是最光荣的事，便连连点头，并且起了誓。他说：

"我若在三天以前走漏了消息，教我的小辫儿长到鼻子上来！"

他说完，弟兄亲热的握了手，他还给了弟弟一毛钱和一个鸡蛋作盘缠。

小木人离开家门，一气就走了五里地。但他并不觉得劳累，可是他忽然站住了。他暗自思想，往哪里去呢？哪里有日本鬼子呢？正在这样思索，树上的鸟儿——他站住的地方原是有好几株大树的——说了话："北，北，北，咕——"小木人平日是最喜欢和小鸟们谈话的，一闻此言，忙问道：

"你说什么呀？鸟儿哥哥！"

这回四只小鸟一齐说："北，北，北，咕——"

"呕，"小木人想了想才又问："是不是你们教我向北去呢？"

一群小鸟同声的说："北，北，北，咕——"

小木人笑了："好！多数同意，通过！"说罢，他向小鸟们立正，敬礼，就又往前走了几步，他又转身回来，高声问道："请问，哪边是北呀？"

这一问，把小鸟们都难住了。本来吗，小鸟们只管飞上飞下，谁管什么东西南北呢。小木人连问了三四次，并没得到回答，他很着急，小鸟们觉得很惭愧。末了，有一位老鸟，学问很大，告诉了他："北就是北！"

小木人一想，对呀，北方拿前面当作北，后面不是南么？对！他给老鸟道了谢，就又往前走，嘴里嘟囔着："反正前面是北，后面就是南，不会错！"

小木人在头一天走了一百二十里。他的腿真快。这大概不完全因为腿快，也还因为一心去报仇，在路上一点也不贪玩。要不怎么小木人可爱呢，在办正经事的时候，他就好好的去作，决不贪玩误事。

天黑了。他走到一条小河的岸上。他捧了几捧河内的清水，喝下去。河水是又清，又凉，又甜。喝完，他的肚里咕碌碌的响起来，他觉得十分饥饿。于是，他就坐在一块石头上，把哥哥给的那个鸡蛋慢慢的吃了下去。他知道肚中饥饿的时候，若是急忙吃东西就容易噎着，所以慢慢的吃。

天是黑了，上哪儿去睡觉呢？这时候，他有点想妈妈与布人哥哥了。但是一想起泥人舅舅死的那么惨，他就把心横起来，自言自语的说："去打日本小鬼，还能想家吗？那就太没出息了！"

向前望了一望，远远的有点灯光，小木人决定去借宿。他记得小说里常有"借宿一宵，明日早行"这么两句，就一边念着，一边往前走。过了一座小桥，穿过一片田地，他来到那有灯光的人家。他向前拍门，门里一条小狗旺旺的叫起来。小木人向来不怕狗，和气的叫了声"小黄儿"，狗儿就不再叫了。待了一会儿，里面有了人声："谁呀？"小木人知道，离家在外必须对人有礼貌，就赶紧恭恭敬敬的说："老大爷，请开开门吧，是我呀！"这样一说，里边的人还以为是老朋友呢，急忙开了门，而且把小狗儿赶在一边去。开门的果然是个老人，小木人的"老大爷"并没有叫错，因为他会辨别语声呀。老人又问了声"谁呀？"小木人立正答道"是我！"老人这才低头看见了小木人，原来他并没想到来的是个小朋友。

"哎呀！"老人惊异的说："原来是个小孩儿呀！怎这

么黑间半夜的出来呢？莫非走迷了路，找不到家了吗？”

小木人含笑的回答：“不是！老大爷，我不是走迷了路，我是去投军打日本鬼子的！你知道吗，日本鬼子把我的舅舅炸死了？”

老人一听此言，更觉稀奇。心中暗想，哪有这么小的人儿就去投军的呢？同时，心中也很佩服这个小孩儿；别看他人小，志气可是大呢。于是就去拉住小木人，往门里让。这一拉不要紧，老人可吓了一跳：“我说，小朋友，你的手怎这么硬啊。”

小木人笑了：“不瞒你老人家说，我是小木人呀！”

“什么？”老人喊了起来：“小木人？小木人？”

“是呀，我是小木人！我来借宿一宵，明日早行！”小木人非常得意的用着这两句成语。

“哎呀，我倒还没有招待过木头人！”老人显出有点为难的样子。“我说，你不是什么小妖精吧！”

“不是妖精！”小木人赶紧答辩。“不信，老大爷你摸摸我，头上没有犄角，身上没有毛，后边也没有尾巴！”

这时节，院中出来一群人：一位老婆婆手中端着灯，一位小媳妇手中持着烛，还有一位大姑娘，和四五个男女小孩。大家把老头儿与小木人围在当中，都觉得稀罕，都争着问怎回事。大家一齐开口，弄得谁也听不见谁的话，乱成了一团。小木人背过身子，用手捂住嘴。大家忽然听见敲锣的声音，一齐说：空袭警报！马上安静下来。小木人赶紧转回身来，向大家立正，敬礼，像讲演一般的说："诸位先生，我是小木人，现在去投军打日本，今天要借宿一宵，明日早行！"

大家听明白了，就又一齐开口问长问短，老人喊了一声"雅静！"看大家又不出声了，才说："我们要先熄了灯，不是有警报吗？"

小木人不由的笑出声来，"那，那，那是我嘴中学敲锣呀！不是真的！"

这样一说，逗得大家又笑成了一团。

"雅静！"老人喊了一声，接着说："现在我们怎么办呢？咱们没有招待过木头人呀！"

四五个小孩首先发言："我们会招待木头客人！教他和我在一块睡！"然后争着说："我的床大！"另一个就说："我的床香！"说着说着就要打起来。

这时候老太太说了话："谁也不要争，大家组织一个招待委员会，到屋里去商议吧！"

"好！好！好！"小孩一齐喊。然后不由分说，便把小木人抬了起来，往屋里走。

不大一会儿，委员会组织好。老人作睡觉委员，专去睡觉，不用管别的事，因为上了年岁的人是要早睡的。老太太和小媳妇作烹调委员，把家中的腊肠腊肉和青菜都要作一点来，慰劳木头客人。大姑娘作编织委员，要极快的给小木人编一双草鞋，和一顶草帽。小孩们作宿舍委员，把大家的床都搬到一处，摆成一座大炕，大家好和小木人都睡在一起，不必再起争执。

热闹了半夜，大家才去睡觉。小木头人十分感激，眼中落出木头泪珠来。拾起木泪，送给孩子们每人两个，作为纪念品。他虽是这样的感激大家，大家可是还觉得招待不周。真的，谁不尊敬出征的人呢？出征的人都是英雄！

第二天清早，小木人便起来向大家告辞。大家一致挽留，小木人可不敢耽误工夫，一定要走。一家老小见挽留不住，也就不便勉强，因为他们知道出征是重要的事啊。大姑娘已把草鞋和草帽编好，送给小木人。他把草鞋系在腰间，草帽放在背上，到下雨的时候再去穿戴。老太太把两串腊肠挂在他的脖子上，很像摩登小姐戴的项链，不过稍粗了一点而已。小媳妇给他煮了五个

鸡蛋，外加两个皮蛋，两个咸鸭蛋。小孩们没有好东西
送给他，大家就用红笔在他的草帽帽沿上写了"出征的
木人"五个大字。老人本想把自己用的长杆烟袋送给
他，怎奈小木人并不吸烟。于是，忽然心生一计，说：

"小木人呀，我替你写封家信吧，好教你妈妈
放心。"

小木人很愿意这么作，就托老人替他写，并且拿
出两个鸡蛋，也请老人给贴上邮票寄给妈妈和哥哥。
老人问他家住哪里。他记得很清楚："木县，木头村，
第一号。"

老人写完信，小木人用木头嘴在纸面上印了几个
吻，交给老人替他交到邮局。而后，向大家一一敬礼，
告辞。大家都恋恋不舍，送到门外。小孩子们和小狗一
直送到二里多地，才洒泪而别。

小木人一路走去，甚是顺利。因为他的草帽上有
"出征"的字样，所以到处受欢迎，食水宿处全无半点
困难，而且有几处小学校，请他讲演。他虽没有什么了
不起的口才，但是理直气壮，也颇能感动人；有些小学
生因给他拍掌，竟将手掌拍破；有些小学生想跟他一同
到前方去，可是被先生们给拦住了。

　　走了一个星期，他还没走到前线。小木人心中暗想：中国是多么伟大呀，敢情地图上短短的一条线就得走许多日子呀！在这几天里，他看见几处城市都有被炸过的痕迹，于是就更恨日本鬼子，非去报仇不可。

　　走到第十天头上，正是晌午，他来到一座大城，还没进城，他就看见有许多人从城内往外跑。小木人一猜就猜对了：准是有空袭。虽然猜到了，他可是丝毫不怕。他一直奔了城墙去。站在墙根，他抬头往上看。城墙，从远处看，是很直的。凑近了一看，那一层层的大砖原来也有微微的斜度，像梯子似的，不过是很难爬的梯子罢了。再说吧，城墙已经很老，砖上往往有些坑儿，也可以放脚。小木人看完了墙，再低头看自己的脚。他不由的笑了一笑。他的脚是多么瘦小伶俐呀。好吧，他决定爬上城墙去。紧了紧身上的东西，他就开始往上爬。爬到中腰，墙上有一棵歪脖的酸枣树，树上结着些鲜红的小枣，像些珠子似的发着光。小木人骑在树干上，休息一会儿，往下一看，看见躲避空袭的人像潮水一般的往城外走。他心中说，泥人舅舅大概就是这样死的，非报仇不可！说着，心中一怒，便揪上一把酸枣子，也不管酸不酸，全放在了嘴中。

爬上了城墙，小木人跟猴子一样，伶俐，连跑带跳的就上了城楼的尖儿。哎呀，多么好看哪！往上看吧，天比平日远了许多，要不是教远山给截住，简直没有了边儿呀！往下看吧，一丛一丛的绿树，一块一块的田地，一处一处的人家，都像小玩艺似的，清清楚楚的，五颜六色的，摆在那里。人呀，马呀，牛呀，都变成那么一小块，一小块的在地上慢慢的动。小木人，这时候，很想布人哥哥。假若小布人哥哥现在也在这里，该多么高兴呀。恐怕就是妈妈也没有见过这么美的景致吧，小木人越想越高兴，不觉的拍起手来。

哪知道，小木人正在欢喜，远远的可来了最讨厌的声音。忽隆，忽隆，好讨厌，就像要把青天顶碎了似的。小木人立在城楼尖上，往远处望，西北角上发现了几只黑小鸟。他指着那小鸟骂道：可恶的东西，你们把泥人舅舅炸碎，还又来炸别人么？我今天不能饶了你们！

说时迟，那时快，眼看着敌机到了头上。小木人数了数，一共是六架。飞机都飞得很低，似乎有要用机枪扫射下面的样子。小木人急中生智，把自己的木棍和鸡冠枪全放下，（这两件东西至今还在城楼上呢，）看飞机来到，就用了全身的力量往上一跳。这真冒险极了，假若他扑了空，就必定跌落下来，尽管他是枣木身子，也得跌碎了哇。可是，他这一下跳得真高。一伸手，他抓住一架飞机的尾巴。左手抓，右手把腰间的绳子——童子军不是老带着一条绳子么？——解下来，拴在飞机尾巴上。然后，他拴了一个套儿，把头伸进去，吊住了脖子。要是别人这样办，一会儿就必伸了舌头，成了吊死鬼。但是小木人的脖子是木头的，还怕什么呢。这样吊在飞机尾巴上，飞机上的人就不会看到他；他们看不见他，他就可以随着飞机回到飞机场呀。到了敌人的飞机场又怎样呢。小木人正在思索，让咱们大家也慢慢的想想看吧。

在飞机尾巴吊着，是多么有趣的事呀！看吧，这又比城楼高得多了。连山哪，都不过是一道道的小绿岗儿；河呀，不过是一条线！真好看，地上只是一片片的颜色，黄的，绿的，灰的，一块块的，一条条的，就好像一个顶大顶大的画家给画上的。更有趣的是一会儿钻到云里去，一会儿又钻出来。钻进去的时候，什么也看不见，只被一片雾气包围着，有的地方白一点，有的地方黑一点，大概馒头在蒸锅里就是这样。慢慢的，雾气越来越白越少了，哈！钻出来了！原来飞机已经飞到云上边去！上边是青天大太阳，下边是高高矮矮的黑白的云堆，像一片用棉絮堆成的山。山峰上都被日光照的发着金光。哎呀，多么美丽呀！多么好看呀！小木人差一点就喊叫出来。虽然他就是喊起来，别人也听不见。可是他不能不小心哪。

一会儿，又飞到了一座城，飞机排成了一字形。小木人知道，这是要投弹了。他非常的着急，非常的愤恨，可是一点办法没有。"等一会儿看吧，看我怎样收拾你们！"他只能自言自语的这么说。说罢，他闭上了眼，不忍看我们的城市被敌人轰炸。

飞机投了弹，很得意的往回飞。这时候，小木人顾不得看下面的景致了，闭着眼一劲儿想好主意，想着想着，他摸了摸身上，摸到一盒洋火。他笑了笑。

飞机飞得很低了，小木人想，这必定是到了飞机的家。他往上纵一纵身，两手扒住飞机尾巴，尾巴前面有个洼洼，他就放平了身子，藏在那里。飞机盘旋的往下落，他觉得有点头晕，就赶紧把脚拼命的蹬直，两手用力攀住，以免头一晕，被飞机给甩下去。

飞机落了地，机上的人们都匆匆的下去。小木人斜着眼一看，太阳还老高呢，机场上来来往往还有不少的人。他想呀，现在若是去用火柴烧飞机，至多不过能烧一架，机场上人多，而且架着好几架机关枪呀。莫若呀，等到夜里再动手，把机场上所有的飞机全烧光，岂不痛快么。好在脖子上的腊肠还剩有一节，也不至于饿得发慌。越想越对，也就大气不出的，先把腊肠吃了。

吃完腊肠，他想打个盹儿，休息休息。小木人是真勇敢，可是粗心的勇敢是不中用的。幸而他还没有真睡了；要是真睡去，滚到空地上来，他就可以被日本人活捉了去。那可怎办呢？你看，他刚一闭眼，就听见脚步声。原来，飞机回到机场是要检查的呀，看看有没有毛病，以免下次起飞的时候出险呀。那脚步声便是检查飞机的人来了哇！小木人的心要跳出来！假若，他们往飞机尾巴下面看一眼，他岂不要束手被擒么？他知道，事到而今，绝不可害怕逃走。他一跑，准教人家给逮住！他停止了呼吸，每一秒钟就像一个月那么长似的等着。幸而，那些人并没有检查这一架飞机，而只由这里走过——小木人连他们皮鞋上的一点泥都看得清清楚楚的！

他再也不敢大意，连要打哈欠的时候都把嘴按在地上。就是这样，他一直等到天黑。

这是个月黑天，又有点夜雾。小木人的附近没有一个人。他只听得到远处的一两声咳嗽，想必是哨兵；他往咳嗽声音的来处望一望，看不见什么，一切都被雾给遮住。他放大了胆，从地上爬起来，轻轻的走出来几步；他要数一数这里一共有多少飞机。转了一个小圈，他已看到二十多架，他不由的喜欢起来。哎呀，假如一下子能烧二十多架敌机，够多么好哇！可是，他又想起了：只凭几根火柴，能不能成功呢？不错，汽油是见火就燃的。可是，万一刚烧起一架，而那些哨兵就跑来，可怎么办，不错呀，机场里有机关枪。可是他不会放呀！糟极了！糟极了……小木人自己念道着，哼，当兵岂是件容易的事呀。

无可奈何，他坐在了地上，很想大哭一场。

正在这个工夫，他听见了脚步声音。他赶紧趴伏在地上。来的是一个兵。小木人急中生智，把自己的绳子放出去，当作绊马索，一下子把那个兵绊倒。然后，他就像一道电闪那么快，骑在兵的脖子上，两只木头小手就好似一把钳子，紧紧的抠住兵的咽喉。那个兵始终没有出一声，就稀里胡涂的断了气。小木人见他一动也不动了，就松了手，可是还在他的脖子上坐着。用力太大，他有点疲乏，心中又怪难过的——他想，好好的一个人，偏偏上我们这里来杀人放火，多么可恨！可是一遇上咱小木人，你又连妈都没叫一声就死了，多么可怜！这么想了一会儿，小木人不敢多耽误工夫，就念念道道的去摸兵的身上："你来欺负我们，我们就打死你！泥人舅舅怎么死的？哼，小木人会给舅舅报仇！"一边这么嘟囔着，他一边摸索。摸来摸去，你猜怎么着，他摸到两个圆球。他还以为是鸡蛋。再摸，喝，蛋怎么有把儿呢？啊，对了，这是手榴弹。他在画报上看见过手榴弹的图，所以一见就认出来。

把手榴弹在手里摆弄了半天，他也想不起应当怎么放。他很恨自己粗心。当初，他看画报的时候，那里原来有扔掷手榴弹的详图，可是他没有详细的看。他晓得手榴弹是炸飞机顶好的东西，可是现在手榴弹得到手，而放不出去，多么糟糕！他赌气把手榴弹扔在了地上，又到死兵的身上去摸。这回摸到一把手枪。拿着手枪，他又想了想：现在只好用手枪打飞机的油箱。打完一架，再打一架，就是被人家给生擒住，也只好认命了，也算值得了。

当他打燃了第一架飞机的时候，四面八方的电铃响成了一片。他又极快的打第二架，打燃了第二架，场中放开了照明灯，把全场照如白昼。他又去打第三架。这时候，场中集聚了不知多少敌兵，都端着枪，枪上安着明晃晃的刺刀，向他包围。他急忙就地一滚，滚到一架飞机上面。他知道，他们若向他放枪，就必打了他们自己的飞机，那，他心中说，也不错呀，咱小木人和一架飞机在一块儿烧光也值得呀！

敌兵还往前凑，并没放枪。小木人一动也不动，等待着逃走的机会。敌人越走越近了，小木人知道发慌不但没用，而且足以坏事。他沉住了气。等敌兵快走他身前了，他看出来，他们都是罗圈腿，两腿之间有很大的空档儿。他马上打好主意。猛的，他来了一个鲤鱼打挺，几乎是平着身子，钻出去。

兵们看见一条小黑影由腿中钻出，赶紧向后转。这时候，小木人已跑出五十码。他们开了枪。那怎能打中小木人呢？他是那么矮小，又是低头缩背，膝磕几乎顶住嘴的跑，他们怎能瞄准了哇？可是，他们也很聪明，马上都卧倒射击。小木人还是拚命的跑，尽管枪弹嗖嗖的由身旁，由头上，由耳边，连串的飞过，他既不向后瞧，也不放慢了步，一气，他跑出机场。

后面追来的起码有一百多人，一边追，一边放枪。小木人的腿有点酸了，可是后面的人越追越紧。眼前有一道壕沟，他不管三七二十一，便跳了下去。跳下去，他可是不敢坐下歇息，就顺着沟横着跑。一边跑，一边学着冲锋号——嘀哒嘀哒嘀嘀哒！

追兵一听见号声，全停住不敢前进。他们想啊，要偷袭飞机场，必定有大批的人，而这些人必定在沟里埋伏着呢，他们的官长就下命令：大眼武二郎，田中芝麻郎，向前搜索；其余的都散开，各找掩护。喝，你看吧，武二郎和芝麻郎就爬在地上慢慢往前爬，像两个蜗牛似的。其余的人呢，有的藏在树后，有的趴在土坑儿里。他们这么慢条斯理的瞎闹，小木人已跑出了一里地。

他立住，听了听，四外没有什么声音了，就一跳，跳出了壕沟，慢慢的往前走。走到天明，他看见一座小村子。他想进去找点水喝。刚一进村外的小树林，可是，就听见一声呼喝，站住！口令！树后面闪出一位武装同志来，端着枪，威风凛凛，相貌堂堂。小木人一看，原来是位中国兵。他喜得跳了起来。过去，他就抱住了同志的腿，好像是见了布人哥哥似的那么亲热。同志倒吓了一跳，忙问：你是谁？怎回事？小木人坐在地上，就把离家以后的事，像说故事似的从头说了一遍。同志听罢，伸出大指，说："你是天下第一的小木人！"然后，把水壶摘下来，请小木人喝水。"你等着，等我换班的时候，我领你去见我们的官长。"

太阳出来，同志换了班，就领着小木人去见官长。官长是位师长，住在一座小破庙里。这位师长长得非常的好看。中等身量，白净脸，唇上留着漆黑发亮的小黑胡子。他既好看，又非常的和蔼，一点也不像日本军人那么又丑又凶。小木人很喜爱师长，师长也很喜欢小木人。师长拉着小木人的手，把小木人所作的事问了个详细。他一边听，一边连连点头，而且教司书给细细记了下来。等小木人报告完毕，师长教勤务兵去煮十个鸡蛋慰劳他，然后就说："小木人呀，我必把你的功劳，报告给军长，军长再报告给总司令。你现在怎办呢？是回家，还是当兵呢？"

小木人说："我必得当兵，因为我还不会打机关枪和放手榴弹，应当好好学一学呀！"

师长说："好吧，我就收你当一名兵，可是，你要晓得，当兵可不能淘气呀！一淘气就打板子，绝不容情！"

小木人答应了以后不淘气，可是心中暗想，咱小木人才不怕挨板子呀！

从村子里找来个油漆匠，给小木人改了装，他本穿的是童子军装，现在漆成了正式的军服，甚是体面。

从此，小木人便当了兵。每逢和日本人交战，他总作先锋，先去打探一切，因为他的腿既快，眼又尖，而且最有心路啊。

有一天，小布人在学校里听到广播，说小木人烧了敌机，立下功劳。他就向先生请了一会儿假，赶忙跑回家，告诉了母亲。妈妈十分欢喜，马上教小布人给弟弟写一封信。小布人不加思索，在信纸上写了一大串"一"字，并且告诉妈妈，这些"一"字有长有短有直有斜，弟弟一看，就会明白什么意思。

写完了信，小布人向妈妈说，他自己也愿去当兵。妈妈说："你爱读书，有学问。应当继续读书；将来得了博士学位，也能为国家出力。你弟弟读书的成绩比不上你，身体可是比你强的多，所以应该去当兵杀敌，你不要去，你是文的，弟弟是武的，咱家一门文武双全，够多么好哇！"

小布人听了，就又回到学校，好好的读书，立志要得博士学位。

原载1943年5月15日《抗战文艺》第八卷第四期

不成问题的问题

　　任何人来到这里——树华农场——他必定会感觉到世界上并没有什么战争，和战争所带来的轰炸、屠杀，与死亡。专凭风景来说，这里真值得被呼为乱世的桃源。前面是刚由一个小小的峡口转过来的江，江水在冬天与春天总是使人愿意跳进去的那么澄清碧绿。背后是一带小山。山上没有什么，除了一丛丛的绿竹矮树，在竹树的空处往往露出赭色的块块儿，像是画家给点染上的。

　　小山的半腰里，那青青的一片，在青色当中露出一两块白墙和二三屋脊的，便是树华农场。江上的小渡口，离农场大约有半里地，小船上的渡客，即使是往相反的方向去的，也往往回转头来，望一望这美丽的地方。他们若上了那斜着的坡道，就必定向农场这里指指点点，因为树上半黄的橘柑，或已经红了的苹果，总是使人注意而想夸赞几声的。到春暖花开的时候，或遇到什么大家休假的日子，城里的士女有时候也把逛一逛树华农场作为一种高雅的举动，而这农场的美丽恐怕还多少的存在一些小文与短诗之中咧。

创办一座农场必定不是为看着玩的；那么，我们就不能专来诔赞风景而忽略更实际一些的事儿了。由实际上说，树华农场的用水是没有问题的，因为江就在它的脚底下。出品的运出也没有问题。它离重庆市不过三十多里路，江中可以走船，江边上也有小路。它的设备是相当完美的：有鸭鹅池、有兔笼、有花畦、有菜圃、有牛羊圈、有果园。鸭蛋、鲜花、青菜、水果、牛羊乳……都正是像重庆那样的都市所必需的东西。况且，它的创办正在抗战的那一年；重庆的人口，在抗战后，一天比一天多；所以需要的东西，像青菜与其他树华农场所产生的东西，自然的也一天比一天多。赚钱是没有问题的。

从渡口上的坡道往左走不远，就有一些还未完全风化的红石，石旁生着几丛细竹。到了竹丛，便到了农场的窄而明洁的石板路。离竹丛不远，相对的长着两株青松，松树上挂着两面粗粗刨平的木牌，白漆漆着"树华农场"。石板路边，靠江的这一面，都是花；使人能从花的各种颜色上，慢慢地把眼光移到碧绿的江水上面去。靠山的一面是许多直立的扇形的葡萄架，架子的后面是各种果树。走完了石板路，有一座不甚高，而相当宽的藤萝架，这便是农场的大门，横匾上刻着"树华"两个隶字。进了门，在绿草上，或碎石堆花的路上，往往能看见几片柔软而轻飘的鸭鹅毛，因为鸭鹅的池塘便在左手方。这里的鸭是纯白而肥硕的，真正的北平填鸭。对着鸭池是平平的一个坝子，没有隙地的种着花草与菜蔬。在坝子的末端，被竹树掩覆着，是办公厅。这是相当坚固而十分雅致的一所两层的楼房，花果的香味永远充满了全楼的每一角落。牛羊圈和工人的草舍又在楼房的后边，时时有羊羔悲哀地啼唤。

这一些设备，教农场至少要用二十来名工人。可是，以它的生产能力，和出品销路的良好来说，除了一切开销，它还应当赚钱。无论是内行人还是外行人，只要看过这座农场，大概就不会想像到这是赔钱的事业。

然而，树华农场赔钱。

创办的时候，当然要往"里"垫钱。但是，鸡鸭、青菜、鲜花、牛羊乳，都是不需要很长的时间就可以在

利润方面有些数目字的。按照行家的算盘上看，假若第
二年还不十分顺利的话，至迟在第三年的开始就可以绝
对地看赚了。

可是，树华农场的赔损是在创办后的第三年。在第
三年首次股东会议的时候，场长与股东们都对着账簿发
了半天的楞。

赔点钱，场长是绝不在乎的，他不过是大股东之
一，而被大家推举出来作场长的。他还有许多比这座农
场大的多的事业。可是，即使他对这小小的事业赔赚都
不在乎，即使他一走到院中，看看那些鲜美的花草，就
把赔钱的事忘得一干二净，他现在——在股东会上——
究竟有点不大好过。他自信是把能手，他到处会赚钱，
他是大家所崇拜的实业家。农场赔钱？这伤了他的自尊
心。他赔点钱，股东他们赔点钱，都没有关系：只是，
下不来台！这比什么都要紧！

股东们呢，多数的是可以与场长立在一块儿呼兄唤
弟的。他们的名望、资本、能力，也许都不及场长，可
是在赔个万儿八千块钱上来说，场长要是沉得住气，他
们也不便多出声儿。很少数的股东的确是想投了资，赚
点钱，可是他们不便先开口质问，因为他们股子少，地

位也就低，假若粗着脖子红着筋地发言，也许得罪了场长和大股东们——这，恐怕比赔点钱的损失还更大呢。

事实上，假若大家肯打开窗子说亮话，他们就可以异口同声地，确凿无疑地，马上指出赔钱的原因来。原因很简单，他们错用了人。场长，虽然是场长，是不能，不肯，不会，不屑于到农场来监督指导一切的。股东们也不会十趟八趟跑来看看的——他们只愿在开会的时候来作一次远足，既可以欣赏欣赏乡郊的景色，又可以和老友们喝两盅酒，附带地还可以露一露股东的身份。除了几个小股东，多数人接到开会的通知，就仿佛在箱子里寻找迎节当令该换的衣服的时候，偶然的发现了想不起怎么随手放在那里的一卷钞票——"呕，这儿还有点玩艺儿呢！"

农场实际负责任的人是丁务源，丁主任。

丁务源，丁主任，管理这座农场已有半年。农场赔钱就在这半年。

连场长带股东们都知道，假若他们脱口而出地说实话，他们就必定在口里说出"赔钱的原因在——"的时节，手指就确切无疑地伸出，指着丁务源！丁务源就在一旁坐着呢。

但是，谁的嘴也没动，手指自然也就无从伸出。

他们，连场长带股东，谁没吃过农场的北平大填鸭，意大利种的肥母鸡，琥珀心的松花，和大得使儿童们跳起来的大鸡蛋鸭蛋？谁的瓶里没有插过农场的大枝的桂花，腊梅，红白梅花，和大朵的起楼子的芍药，牡丹与茶花？谁的盘子里没有盛过使男女客人们赞叹的山东大白菜，绿得像翡翠般的油菜与嫩豌豆？

这些东西都是谁送给他们的？丁务源！

再说，谁家落了红白事，不是人家丁主任第一个跑来帮忙？谁家出了不大痛快的事故，不是人家丁主任像自天而降的喜神一般，把大事化小，小事化无？

是的，丁主任就在这里坐着呢。可是谁肯伸出指头去戳点他呢？

什么责任问题，补救方法，股东会都没有谈论。等到丁主任预备的酒席吃残，大家只能拍拍他的肩膀，说声"美满的闭会"了。

丁务源是哪里的人？没有人知道。他是一切人——中外无别——的乡亲。他的言语也正配得上他的籍贯，他会把他所到过的地方的最简单易学的话，例如四川的"啥子"与"要得"，上海的"唔啥"，北平的"妈啦巴子"……都美好的联结到一处，变成一种独创的"国语"；有时候也还加上一半个"孤得"，或"夜司"，增加一点异国情味。

四十来岁，中等身量，脸上有点发胖，而肉都是亮的，丁务源不是个俊秀的人，而令人喜爱。他脸上那点发亮的肌肉，已经教人一看就痛快，再加上一对光满神足，顾盼多姿的眼睛，与随时变化而无往不宜的表情，就不只讨人爱，而且令人信任他了。最足以表现他的天才而使人赞叹不已的是他的衣服。他的长袍，不管是绸的还是布的，不管是单的还是棉的，永远是半新半旧的，使人一看就感到舒服；永远是比他的身裁稍微宽大一些，于是他垂着手也好，揣着手也好，掉背着手更好，老有一些从容不迫的气度。他的小褂的领子与袖口，永远是洁白如雪；这样，即使大褂上有一小块油渍，或大襟上微微有点折绉，可是他的雪白的内衣的领与袖会使人相信他是最爱清洁的人。他老穿礼服呢厚白底子的鞋，而且裤脚儿上扎着绸子带儿；快走，那白白的鞋底与颤动的腿带，会显出轻灵飘洒；慢走，又显出雍容大雅。长袍，布底鞋，绸子裤脚带儿合在一处，未免太老派了，所以他在领子下面插上了一支派克笔和一支白亮的铅笔，来调和一下。

他老在说话，而并没说什么。"是呀"，"要得么"，"好"，这些小字眼被他轻妙地插在别人的话语中间，就好像他说了许多话似的。到必要时，他把这些小字眼也收藏起来，而只转转眼珠，或轻轻一咬嘴唇，或给人家从衣服上弹去一点点灰。这些小动作表现了关切，同情，用心，比说话的效果更大得多。遇见大事，他总是斩钉截铁地下这样的结论——没有问题，绝对的！说完这一声，他便把问题放下，而闲扯些别的，使对方把忧虑与关切马上忘掉。等到对方满意地告别了，他会倒头就睡，睡三四个钟头；醒来，他把那件绝对没有问题的事忘得一干二净。直等到那个人又来了，他才想起原来曾经有过那么一回事，而又把对方热诚地送走。事情，照例又推在一边。及至那个人快恼了他的时候，他会用农场的出品使朋友仍然和他相好。天下事都绝对没有问题，因为他根本不去办。

他吃得好，穿得舒服，睡得香甜，永远不会发愁。他绝对没有任何理想，所以想发愁也无从发起。他看不出社会上彼此敷衍有什么不对的地方。他只知道敷衍能解决一切，至少能使他无忧无虑，脸上胖而且亮。凡足以使事情敷衍过去的手段，都是绝妙的手段。当他刚一得到农场主任的职务的时候，他便被姑姑老姨舅爷，与舅爷的舅爷包围起来，他马上变成了这群人的救主。没办法，只好一一敷衍。于是一部分有经验的职员与工人马上被他"欢送"出去，而舅爷与舅爷的舅爷都成了护法的天使。占据了地上的乐园。

没被辞退的职员与园丁，本都想辞职。可是，丁主任不给他们开口的机会。他们由书面上通知他，他连看也不看。于是，大家想不辞而别。但是，赶到真要走出农场时，大家的意见已经不甚一致。新主任到职以后，什么也没过问，而在两天之中把大家的姓名记得飞熟，并且知道了他们的籍贯。

"老张！"丁主任最富情感的眼，像有两道紫外光似的射到老张的心里，"你是广元人呀？乡亲！硬是要得！"丁主任解除了老张的武装。

"老谢！"丁主任的有肉而滚热的手拍着老谢的肩膀，"呕，恩施？好地方！乡亲！要得么！"于是，老谢也缴了械。

多数的旧人们就这样受了感动，而把"不辞而别"的决定视为一时的冲动，不大合理。那几位比较坚决的，看朋友们多数鸣金收兵，也就不便再说什么，虽然心里还有点不大得劲儿。及至丁主任的胖手也拍在他们的肩头上，他们反觉得只有给他效劳，庶几乎可以赎出自己的行动幼稚，冒昧，的罪过来。"丁主任是个朋友!"这句话即使不便明说，也时常在大家心中飞来飞去，像出笼的小鸟，恋恋不忍去似的。

　　大家对丁主任的信任心是与时俱增的。不管大事小事，只要向丁主任开口，人家丁主任是不会眨眨眼或楞一楞再答应的。他们的请托的话还没有说完，丁主任已说了五个"要得"。丁主任受人之托，事实上，是轻而易举的。比方说，他要进城——他时常进城——有人托他带几块肥皂。在托他的人想，丁主任是精明人，必能以极便宜的价钱买到极好的东西。而丁主任呢，到了城里，顺脚走进那最大的铺子，随手拿几块最贵的肥皂。拿回来，一说价钱，使朋友大吃一惊。"货物道地，"丁主任要交代清楚，"你晓得! 多出钱，到大铺子去买，吃不了亏! 你不要，我还留着用呢! 你怎样?"怎能不要呢，朋友只好把东西接过去，连声道谢。

　　大家可是依旧信任他。当他们暗中思索的时候，他们要问：托人家带东西，带来了没有? 带来了。那么人家没有失信。东西贵，可是好呢。进言无二价的大铺子买东西，谁不会呢，何必托他？不过，既然托他，他——堂堂的丁主任——岂是挤在小摊子上争钱讲价的人？这只能怪自己，不能怪丁主任。

慢慢地，场里的人们又有耳闻：人家丁主任给场长与股东们办事也是如此。不管办个"三天"，还是"满月"，丁主任必定闻风而至，他来到，事情就得由他办。烟，能买"炮台"就买"炮台"，能买到"三五"就是"三五"。酒，即使找不到"茅台"与"贵妃"，起码也是绵竹大麯。饭菜，呕，先不用说饭菜吧，就是糖果也必得是冠生园的，主人们没法挑眼。不错，丁主任的手法确是太大；可是，他给主人们作了脸哪。主人说不出话来，而且没法不佩服丁主任见过世面。有时候，主妇们因为丁主任太好铺张而想表示不满，可是丁主任送来的礼物，与对她们的殷勤，使她们也无从开口。她们既不出声，男人们就感到事情都办得合理，而把丁主任看成了不起的人物。这样，丁主任既在场长与股东们眼中有了身分，农场里的人们就不敢再批评什么；即使吃了他的亏，似乎也是应当的。

及至丁主任作到两个月的主任，大家不但不想辞职，而且很怕被辞了。他们宁可舍着脸去逢迎谄媚他，也不肯失掉了地位。丁主任带来的人，因为不会作活，也就根本什么也不干。原有的工人与职员虽然不敢照样公然怠工，可是也不便再像原先那样实对实地每日作八小时工。他们自动把八小时改为七小时，慢慢地又改为六小时，五小时。赶到主任进城的时候，他们干脆就整天休息。休息多了，又感到闷得慌，于是麻将与牌九就应运而起；牛羊们饿得乱叫，也压不下大家的欢笑与牌声。有一回，大家正赌得高兴，猛一抬头，丁主任不知道什么时候人不知鬼不觉地站在老张的后边！大家都楞了！

"接着来，没关系！"丁主任的表情与语调顿时教大家的眼都有点发湿。"干活是干活，玩是玩！老张，那张八万打得好，要得！"

大家的精神，就像都刚胡了满贯似的，为之一振。有的人被感动得手指直颤。

大家让主任加入。主任无论如何不肯破坏原局。直等到四圈完了，他才强被大家拉住，改组。"赌场上可不分大小，赢了拿走，输了认命，别说我是主任，谁是园丁！"主任挽起雪白的袖口，微笑着说。大家没有异议。"还玩这么大的，可是加十块钱的望子，自摸双？"大家又无异议。新局开始。主任的牌打得好。不但好，而且牌品高。打起牌来，他一声不出，连"要得"也不说了。他自己和牌，轻轻地好像抱歉似的把牌推倒。别人和牌，他微笑着，几乎是毕恭毕敬地送过筹码去。十次，他总有八次赢钱，可是越赢越受大家敬爱；大家仿佛宁愿把钱输给主任，也不愿随便赢别人几个。把钱给丁主任似乎是一种光荣。

不过，从实际上看，光荣却不像钱那样有用。钱既输光，就得另想生财之道。由正常的工作而获得的收入，谁都晓得，是有固定的数目。指着每月的工资去与丁主任一决胜负是作不通的。虽然没有创设什么设计委员会，大家可是都在打主意，打农场的主意。主意容易打，执行的勇气却很不易提起来。可是，感谢丁主任，他暗示给大家，农场的东西是可以自由处置的。没看见吗，农场的出品，丁主任都随便自己享受，都随便拿去送人。丁主任是如此，丁主任带来的"亲兵"也是如此，那么，别人又何必分外的客气呢？

于是，树华农场的肥鹅大鸭与油鸡忽然都罢了工，不再下蛋，这也许近乎污蔑这一群有良心的动物们，但是农场的账簿上千真万确看不见那笔蛋的收入了。外间自然还看得见树华的有名的鸭蛋——为孵小鸭用的——可是价钱高了三倍。找好鸭种的人们都交头接耳地嘀咕："树华的填鸭鸭蛋得托人情才弄得到手呢。"在这句话里，老张，老谢，老李都成了被恳托的要人。

在蛋荒之后，紧接着便是按照科学方法建造的鸡鸭房都失了科学的效用。树华农场大闹黄鼠狼，每晚上都丢失一两只大鸡或肥鸭。有时候，黄鼠狼在白天就出来为非作歹，而在他们最猖獗的时期，连牛犊和羊羔都被劫去；多么大的黄鼠狼呀！

鲜花，青菜，水果的产量并未减少，因为工友们知道完全不工作是自取灭亡。在他们赌输了，睡足了之后，他们自动地努力工作，不是为公，而是为了自己。不过，产量虽未怎么减少，农场的收入却比以前差的多了。果子，青菜，据说都闹虫病。果子呢，须要剔选一番，而后付运，以免损害了农场的美誉。不知道为什么那些落选的果子仿佛更大更美丽一些，而先被运走。没人能说出道理来，可是大家都喜欢这么作。菜蔬呢，以那最出名的大白菜说吧，等到上船的时节，三斤重的就变成了二斤或一斤多点；那外面的大肥叶子——据说是受过虫伤的——都被剥下来，洗净，另捆成一把一把的运走，当作"猪菜"卖。这种猪菜在市场上有很高的价格。

这些事，丁主任似乎知道，可没有任何表示，当夜里闹黄鼠狼子的时候，即使他正醒着，听得明明白白，他也不会失去身分地出来看看。及至次晨有人来报告，他会顺口答音地声明："我也听见了，我睡觉最警醒不过！"假若他高兴，他会继续说上许多关于黄鼬和他夜间怎样警觉的故事。当被黄鼬拉去而变成红烧的或清燉的鸡鸭，摆在他的眼前，他就绝对不再提黄鼬，而只谈些烹饪上的问题与经验；一边说着，一边把最肥的一块鸭夹起来送给别人："这么肥的鸭子，非挂炉烧烤不够味；清燉不相宜，不过，汤还要得！"他极大方地尝了两口汤。工人们若献给他钱——比如卖猪菜的钱——他绝对不肯收。"咱们这里没有等级，全是朋友；可是主任到底是主任，不能吃猪菜的钱！晚上打几圈儿好啦！要得吗？"他自己亲热地回答上，"要得！"把个"得"字说得极长。几圈麻将打过后，大家的猪菜钱至少有十分之八，名正言顺地入了主任的腰包。当一五一十的收钱的时候，他还要谦逊地声明："咱们的牌都差不多，谁也说不上高明。我的把弟孙宏英，一月只打一次就够吃半年的。人家那才叫会打牌！不信，你给他个司长，他都不作，一个月打一次小牌就够了！"

秦妙斋从十五岁起就自称为宁夏第一才子。到二十多岁，看"才子"这个词儿不大时行了，乃改称为全国第一艺术家。据他自己说，他会雕刻，会作画，会弹古琴与钢琴，会作诗，小说，与戏剧；全能的艺术家。可是，谁也没有见过他雕刻，画图，弹琴，和作文章。

在平时，他自居为艺术家，别人也就顺口答音地称他为艺术家，原本不算什么。到了抗战时期，正是所谓国乱显忠臣的时候，艺术家也罢，科学家也罢，都要拿出他的真正本领来报效国家，而秦妙斋先生什么也拿不出来。这也不算什么。假若他肯虚心地去学习，说不定他也许有一点天才，能学会画两笔，或作些简单而通俗的文字，去宣传抗战，或者，干脆放弃了天才的梦，而脚踏实地地去作中小学的教师，或到机关中服务，也还不失为尽其在我。可是他不肯去学习，不肯去吃苦，而只想飘飘摇摇地作个空头艺术家。

他在抗战后，也曾加入艺术家们的抗战团体。可是不久便冷淡下来，不再去开会。因为在他想，自己既是第一艺术家，理当在各团体中取得领导的地位。可是，那些团体并没有对他表示敬意。他们好像对他和对一切好虚名的人都这么说：谁肯出力作抗战工作，谁便是好朋友；反之，谁要是借此出风头，获得一点虚名与虚荣，谁就乘早儿退出去。秦妙斋退了出来。但是，他不甘寂寞。他觉得这样的败退，并不是因为自己的浅薄虚伪，而是因为他的本领出众，不见容于那些妒忌他的人们。他想要独树一帜，自己创办一个什么团体，去过一过领导的瘾。这，又没能成功，没有人肯听他号召。在这之后，他颇费了一番思索，给自己想出两个字来：清高。当他和别人闲谈，或独自呻吟的时候，他会很得意地用这两个字去抹杀一切，而抬高自己："现而今的一般自命为艺术家的，都为了什么？什么也不为，除了钱！真正懂得什么叫作清高的是谁？"他的鼻尖对准了自己的胸口，轻轻地点点头。"就连那作教授的也算不上清高，教授难道不拿薪水么？……"可是"你怎么活着呢？你的钱从什么地方来呢？"有那心直口快的这么问他。"我，我，"他有点不好意思，而不能回答："我爸爸给我！"

　　是的，秦妙斋的父亲是财主。不过，他不肯痛快地供给儿子钱化。这使秦妙斋时常感到痛苦。假若不是被人家问急了，他不肯轻易的提出"爸爸"来。就是偶尔地提到，他几乎要把那个最有力量的形容字——不清高——也加在他的爸爸头上去！

按照着秦老者的心意，妙斋应当娶个知晓三从四德的老婆，而后一扑纳心地在家里看守着财产。假若妙斋能这样办，哪怕就是吸两口鸦片烟呢，也能使老人家的脸上纵起不少的笑纹来。可是，有钱的老子与天才的儿子仿佛天然是对头。妙斋不听调遣。他要作诗，画画，而且——最使老人伤心的——他不愿意在家里蹲着。老人没有旁的办法，只好尽量地勒着钱。尽管妙斋的平信，快信，电报，一齐来催钱，老人还是毫不动感情地到月头才给儿子汇来"点心费"。这点钱，到妙斋手里还不够还债的呢。我们的诗人，是感受着严重的压迫。挣钱去吧，既不感觉趣味，又没有任何本领；不挣钱吧，那位不清高的爸爸又是这样的吝啬！金钱上既受着压迫，他满想在艺术界活动起来，给精神上一点安慰。而艺术界的人们对他又是那么冷淡！他非常的灰心。有时候，他颇想摹仿屈原，把天才与身体一齐投在江里去。投江是件比较难于作到的事。于是，他转而一想，打算作个青年的陶渊明。"顶好是退隐！顶好！"他自己念道着。"世人皆浊我独清！只有退隐，没别的话好讲！"

高高的个子，长长的脸，头发像粗硬的马鬃似的，长长的，乱七八糟的，披在脖子上。虽然身量很高，可好像里面没有多少骨头，走起路来，就像个大龙虾似的那么东一扭西一拱的。眼睛没有神，而且爱在最需要注意的时候闭上一会儿，仿佛是随时都在作梦。

作着梦似的秦妙斋无意中走到了树华农场。不知道是为欣赏美景，还是走累了，他对着一株小松叹了口气，而后闭了会儿眼。

也就是上午十一点钟吧，天上有几缕秋云，阳光从云隙发出一些不甚明的光，云下，存着些没有完全被微风吹散的雾。江水大体上还是黄的，只有江岔子里的已经静静地显出绿色。葡萄的叶子就快落净，茶花已顶出一些红瓣儿来。秦妙斋在鸭塘的附近找了块石头，懒洋洋地坐下。看了看四下里的山、江、花、草，他感到一阵难过。忽然地很想家，又似乎要作一两句诗，仿佛还有点触目伤情……这时候，他的感情像是极复杂，复杂的到了既像万感俱来，可是一会儿又像茫然不知所谓的程度。坐了许久，他忽然在复杂混乱的心情中找到可以用话语说出来的一件事来。"我应当住在这里！"他低声对自己说。这句话虽然是那么简短，可是里边带着无限的感慨。离家，得罪了父亲，功未成，名未就……只落得独自在异乡隐退，想住在这静静的地方！他呆呆地看着池里的大白鸭，那洁白的羽毛，金黄的脚掌，扁而像涂了一层蜡的嘴，都使他心中更混乱，更空洞，更难过。这些白鸭是活的东西，不错；可是他们干吗活着呢？正如同天生下我秦妙斋来，有天才，有志愿，有理想，但是都有什么用呢？想到这里，他猛然的，几乎是身不由己的，立了起来。他恨这个世界，恨这个不叫他成名的世界！连那些大白鸭都可恨！他无意中地、顺手地将下一把树叶，揉碎，扔在地上。他发誓，要好好地，痛快淋漓地写几篇文字，把那些有名的画家，音乐家，文学家都骂得一个小钱也不值！那群不清高的东西！

他向办公楼那面走，心中好像在说："我要骂他们！就在这里，这里，写成骂他们的文章！"

丁主任刚刚梳洗完，脸上带着夜间又赢了钱的一点喜气。他要到院中吸点新鲜空气。安闲地，手揣在袖口里，像采菊东篱下的诗人似的，他慢慢往外走。

在门口，他几乎被秦妙斋撞了个满怀。秦妙斋，大龙虾似的，往旁边一闪；照常往里走。他恨这个世界，碰了人就和碰了一块石头或一株树一样，只有不快，用不着什么客气与道歉。

丁主任，老练，安详，微笑地看着这位冒失的青年龙虾。"找谁呀？"他轻轻问了声。

秦妙斋稍一楞，没有答理他。

丁主任好像自言自语地说，"大概是个画家。"

秦妙斋的耳朵仿佛是专为听这样的话的，猛地立住，向后转，几乎是喊叫地，"你说什么？"

丁主任不知道自己的话是说对了，还是说错了，可是不便收回或改口。迟顿了一下，还是笑着："我说，你大概是个画家。"

"画家？画家？"龙虾一边问，一边往前凑，作着梦的眼睛居然瞪圆了。

丁先生不晓得怎样回答才好，只啊啊了两声。

妙斋的眼角上汪起一些热泪，口中的热涎喷到丁主任的脸上："画家，我是——画家，你怎么知道？"说到这里，他仿佛已筋疲力尽，像快要晕倒的样子，摇晃着，摸索着，找到一只小凳，坐下，闭上了眼睛。

丁主任还笑着，可是笑得莫名其妙，往前凑了两步。还没走到妙斋的身边，妙斋的眼睛睁开了。"告诉你，我还不仅是画家，而且是全能的艺术家！我都会！"
说着，他立起来，把右手扶在丁主任的肩上。"你是我的
知己！你只要常常叫我艺术家，我就有了生命！生我者
父母，知我者——你是谁？"

"我？"丁主任笑着回答。"小小园丁！"

"园丁？"

"我管着这座农场！"丁主任停住了笑。"你姓什
么！"毫不客气地问。

"秦妙斋，艺术家秦妙斋。你记住，艺术家和秦妙
斋老得一块儿喊出来，一分开，艺术家和我就都不好存
在了！"

"呕！"丁主任的笑意又回到脸上，进了大厅，眼
睛往四面一扫——壁上挂着些时人的字画。这些字画都
不甚高明，也不十分丑恶。在丁主任眼中，它们都怪有
个意思，至少是挂在这里总比四壁皆空强一些。不过，
他也有个偏心眼，他顶爱那张长方的，石印的抗战门神
爷，因为色彩鲜明，"真"有个意思。他的眼光停在那片
色彩上。

随着丁主任的眼，妙斋也看见了那些字画，他把眼
光停在了那张抗战画上。当那些色彩分明地印在了他的

心上的时候，他觉到一阵恶心，像忽然要发痧似的，浑身的毛孔都像针儿刺着，出了点冷汗。定一定神，他扯着丁先生，扑向那张使他恶心的画儿去。发颤的手指，像一根挺身作战的小蛇似的，指着那堆色彩："这叫画？这叫画？用抗战来欺骗艺术，该杀！该杀！"不由分说，他把画儿扯了下来，极快地撕碎，扔在地上，用脚狠狠地揉搓，好像把全国的抗战艺术家都踩在了泥土上似的。他痛快地吐了口气。

来不及拦阻妙斋的动作，丁主任只说了一串口气不同的"唉"！

妙斋犹有余怒，手指向四壁普遍的一扫："这全要不得！通通要不得！"

丁主任急忙挡住了他，怕他再去撕毁。妙斋却高傲地一笑："都扯了也没有关系，我会给你画！我给你画那碧绿的江，赭色的山，红的茶花，雪白的大鸭！世界上有那么多美丽的东西，为什么单单去画去写去唱血腥的抗战？混蛋！我要先写几篇文章，臭骂，臭骂那群污辱艺术的东西们。然后，我要组织一个真正艺术家的团体，一同主张——主张——清高派，暂且用这个名儿吧，清高派的艺术！我想你必赞同？"

"我?"丁主任不知怎样回答。

"你当然同意!我们就推你作会长!我们就在这里作画,治乐,写文章!"

"就在这里?"丁主任脸上有点不大得劲,用手摸了摸。

"就在这里!今天我就不走啦!"妙斋的嘴犄角直往外迸水星儿,"想想看,把这间大厅租给我,我爸爸有钱,你要多少我给多少。然后,我们艺术家们给你设计,把这座农场变成最美的艺术之家,艺术乐园!多么好!多么好!"

丁主任似乎得到一点灵感。口中随便用"要得""不错"敷衍着,心中可打开了算盘。在那次股东会上,虽然股东们对他没有什么决定的表示,可是他自己看得清清楚楚,大家对他多少有点不满意。他应当把事情调整一下,教大家看看,他不是没有办法的人。是呀,这里的大厅闲着没有用,楼上也还有三间空房,为什么不租出去,进点租钱呢?况且这笔租金用不着上账;即使教股东们知道了,大家还能为这点小事来质问吗?对!他决定先试一试这位艺术家。"秦先生,这座大厅我们大家用,楼上还有三间空房,你要就得都要,一年一万块钱，一次交清。"

妙斋闭了眼，"好啦，一言为定！我给爸爸打电报要钱。"

"什么时候搬进来？"丁主任有点后悔。交易这么容易成功，想必是要少了钱。但是，再一想，三间房，而且在乡下，一万元应当不算少。管它呢，先进一万再说别的！"什么时候搬进来？"

"现在就算搬进来了！"

"啊？"丁主任有点悔意了。"难道你不去拿行李什么的？"

"没有行李，我只有一身的艺术！"妙斋得意地哈哈地笑起来。

"租金呢？"

"那，你尽管放心：我马上打电报去！"

秦妙斋就这样的侵入了树华农场。不到两天，楼上已住满他的朋友。这些朋友，有男有女，有老有少，都时来时去，而绝对不客气。他们要床，便见床就搬了走；要桌子，就一声不响地把大厅的茶几或方桌拿了去。对于鸡鸭菜果，他们的手比丁主任还更狠，永远是理直气壮地拿起就吃。要摘花他们便整棵的连根儿拔出来。农场的工友甚至于须在夜间放哨，才能抢回一点东西来！

可是，丁主任和工友们都并不讨厌这群人。首要的因为这群人中老有女的，而这些女的又是那么大方随便，大家至少可以和他们开句小玩笑。她们仿佛给农场带来了一种新的生命。其次，讲到打牌，人家秦妙斋有艺术家的态度，输了也好，赢了也好，赌钱也好，赌花生米也好，一坐下起码二十四圈。丁主任原是不屑于玩花生米的，可是妙斋的热情感动了他，他不好意思冷淡地谢绝。

丁主任的心中老挂念着那一万元的租金。他时常调动着心思与语言，在最适当的机会暗示出催钱的意思。可是妙斋不接受暗示。虽然如此，丁主任可是不忍把妙斋和他的朋友撵了出去。一来是，他打听出来，妙斋的父亲的的确确是位财主；那么，假若财主一旦死去，妙斋岂不就是财产的继承人？"要把眼光放远一些！"丁主任常常这样警戒自己。二来是，妙斋与他的友人们，在实在没有事可干的时候，总是坐在大厅里高谈艺术。而他们的谈论艺术似乎专为骂人。他们把国内有名的画家，音乐家，文艺作家，特别是那些尽力于抗战宣传的，提名道姓地一个一个挨次咒骂。这，使丁主任闻所未闻。慢慢地，他也居然记住了一些艺术家的姓名。遇到机会，他能说上来他们的一些故事，仿佛他同艺术家们都是老朋友似的。这，使与他来往的商人或闲人，感到惊异，他自己也得到一些愉快。还有，当妙斋们把别人咒腻了，他们会无耻与得意地提出一些社会上的要人来，"是的，我们要和他取得联络，来建设起我们自己的团体来！""那，我可以写信给他；我要告诉明白了他，我们都是真正清高的艺术家！"……提到这些要人，他们大家口中的唾液都好像甜蜜起来，眼里发着光。"会长！"他们在谈论要人之后，必定这样叫丁主任："会长，你看怎样？"丁主任自己感到身量又高了一寸似的！他不由地怜爱了这群人，因为他们既可以去与要人取得联络，而且还把他自己视为要人之一！他不便发表什么意见，可是常常和妙斋肩并肩地在院中散步。他好像完全了解妙斋的怀才不遇，妙斋微叹，他也同情地点着头。二人成了莫逆之交！

丁主任爱钱，秦妙斋爱名，虽然所爱的不同，可是在内心上二人有极相近的地方，就是不惜用卑鄙的手段取得所爱的东西。这也是二人成为好朋友的一个原因。

因此，丁主任往往对妙斋发表些难以入耳的最下贱的意见，妙斋也好好地静听，并不以为可耻。

眨眨眼，到了阳历年。

除夕，大家正在打牌，宪兵从楼上抓走两位妙斋的朋友。

丁主任口里直说"没关系"，心中可是有点慌。他久走江湖，晓得什么是利，哪是害。宪兵从农场抓走了人，起码是件不体面的事，先不提更大的干系。

秦妙斋丝毫没感到什么。那两位被捕的人是谁？他只知道他们的姓名，别的一概不清楚。他向来不细问与他来往的人是干什么的。只要人家捧他，叫他艺术家，他便与人家交往。因此，他有许多来往的人，而没有真正的朋友。他们被捕去，他绝对没有想到去打听打听消息，更不用说去营救了。有人被捕去，和农场丢失两只鸭子一样无足轻重。本来嘛，神圣的抗战，死了那么多的人，流了那么多的血，他都无动于衷，何况是捕去两个人呢？当丁主任顺口搭音地盘问他的时候，他只极冷淡地说："谁知道！枪毙了也没法子呀！"

丁主任，连丁主任，也感到一点不自在了。口中不说，心里盘算着怎样把妙斋赶了出去。"好嘛，给我这儿招来宪兵，要不得！"他自己念道着。同时，他在表情上，举动上，不由地对妙斋冷淡多了。他有点看不起妙斋。他对一切不负责任，可是他心中还有"朋友"这个观念。他看妙斋是个冷血动物。

妙斋没有感觉出这点冷淡来。他只看自己，不管别人的表情如何，举动怎样。他的脑子只管计划自己的事，不管替别人思索任何一点什么。

慢慢地，丁主任打听出来：那两位被捕的人是有汉奸的嫌疑。他们的确和妙斋没有什么交情，但是他们口口声声叫他艺术家，于是他就招待他们，甚至于允许他们住在农场里。平日虽然不负责任，可是一出了乱子，丁主任觉出自己的责任与身份来。他依然不肯当面告诉妙斋："我是主任，有人来往，应当先告诉我一声。"但是，他对妙斋越来越冷淡。他想把妙斋"冰"了走。

到了一月中旬，局势又变了。有一天，忽然来了一位有势力、与场长最相好的股东。丁主任知道事情要不妙。从股东一进门，他便留了神，把自己的一言一笑都安排得像蜗牛的触角似的，去试探，警戒。一点不错，股东暗示给他，农场赔钱，还有汉奸随便出入，丁主任理当辞职。丁主任没有否认这些事实，可也没有承认。

他说着笑着，态度极其自然。他始终不露辞职的口气。

股东告辞，丁主任马上找了秦妙斋去。秦妙斋是——他想——财主的大少爷，他须起码教少爷明白，他现在是替少爷背了罪名。再说，少爷自称为文学家，笔底下一定很好，心路也多，必定能替他给全体股东写封极得体的信。是的，就用全体职工的名义，写给股东们，一致挽留丁主任。不错，秦妙斋是个冷血动物；但是，"我走，他也就住不下去了！他还能不卖气力吗？"丁主任这样盘算好，每个字都裹了蜜似的，在门外呼唤："秦老弟！艺术家！"

秦妙斋的耳朵竖了起来，龙虾的腰挺直，他准备参加战争。世界上对他冷淡得太久了，他要挥出拳头打个热闹，不管是为谁，和为什么！"宁自一把火把农场烧得干干净净，我们也不能退出！"他喷了丁主任一脸唾沫星儿，倒好像农场是他一手创办起来似的。

丁主任的脸也增加了血色。他后悔前几天那样冷淡了秦妙斋，现在只好一口一个"艺术家"地来赎罪。谈过一阵，两个人亲密得很有些像双生的兄弟。最后，妙斋要立刻发动他的朋友："我们马上放哨，一直放到江边。他们假若真敢派来新主任，我就会教他怎么来，怎么滚回去！"同时，他召集了全体职工，在大厅前开会。他登在一块石头上，声色俱厉地演说了四十分钟。

妙斋在演说后，成了树华农场的灵魂。不但丁主任感激，就是职员与工友也都称赞他："人家姓秦的实在够朋友！"

大家并不是不知道，秦先生并不见得有什么高明的确切的办法。不过，闹风潮是赌气的事，而妙斋恰好会把大家感情激动起来；大家就没法不承认他的优越与热烈了。大家甚至于把他看得比丁主任还重要，因为丁主任虽然是手握实权，而且相当地有办法，可是他到底是多一半为了自己；人家秦先生呢，根本与农场无关，纯粹是路见不平，拔刀相助。这样，秦先生白住房，偷鸡蛋，与其他一切小小的罪过，都变成了理之当然的事。他，在大家的眼中，现在完全是个侠肠义胆的可爱可敬的人。

丁主任有十来天不在农场里。他在城里，从股东的太太与小姐那里下手，要挽回他的颓势。至于农场，他以为有妙斋在那里，就必会把大家团结得很坚固，一定不会有内奸，捣他的乱。他把妙斋看成了一座精神堡垒！等到他由城中回来，他并没对大家公开地说什么，而只时常和妙斋有说有笑地并肩而行。大家看着他们，心中都得到了安慰，甚至于有的人喊出："我们胜利了！"

农场糟到了极度。那喊叫"我们胜利了"的，当然更肆无忌惮，几乎走路都要模仿螃蟹；那稍微悲观一些的，总觉得事情并不能这么容易得到胜利，于是抱着干一天算一天的态度，而拚命往手中搂东西，好像是说："滚蛋的时候，就是多拿走一把小镰刀也是好的！"

旧历年是丁主任的一"关"。表面上，他还很镇定，可是喝了酒便爱发牢骚。"没关系！"他总是先说这一句，给自己壮起胆气来。慢慢地，血液循环的速度增加了，他身上会忽然出点汗。想起来了：张太太——张股东的二夫人——那里的年礼送少了！他楞一会儿，然后，自言自语地说："人事，都是人事；把关系拉好，什么问题也没有！"酒力把他的脑子催得一闪一闪的，忽然想起张三，忽然想起李四，"都是人事问题！"

新年过了，并没有任何动静。丁主任的心像一块石头落了地。新年没有过好，必须补充一下；于是一直到灯节，农场中的酒气牌声始终没有断过。

灯节后的那么一天，已是早晨八点，天还没甚亮。

浓厚的黑雾不但把山林都藏起去，而且把低处的东西也笼罩起来，连房屋的窗子都像挂起黑的帘幕。在这大雾之中，有些小小的雨点，有时候飘飘摇摇地像不知落在哪里好，有时候直滴下来，把雾色加上一些黑暗。农场中的花木全静静地低着头，在雾中立着一团团的黑影。农场里没有人起来，梦与雾好像打成了一片。

大雾之后容易有晴天。在十点钟左右，雾色变成红黄，一个红血的太阳时时在雾薄的时候露出来，花木叶子上的水点都忽然变成小小的金色的珠子。农场开始有人起床。秦妙斋第一个起来，在院中绕了一个圈子。正走在大藤萝架下，他看见石板路上来了三个人。最前面的是一位女的，矮身量，穿着不知有多少衣服，像个油篓似的慢慢往前走，走得很吃力。她的后面是个中年的挑伕，挑着一大一小两只旧皮箱，和一个相当大的、风格与那位女人相似的铺盖卷，挑伕的头上冒着热汗。最后，是一位高身量的汉子，光着头，发很长，穿着一身不体面的西服，没有大衣，他的肩有些向前探着，背微微有点弯。他的手里拿着个旧洋磁的洗脸盆。

秦妙斋以为是他自己的朋友呢，他立在藤萝架旁，等着和他们打招呼。他们走近了，不相识。他还没动，要细细看看那个女的，对女的他特别感觉兴趣。那个大汉，好像走得不耐烦了，想赶到前边来，可是石板路很窄，而挑伕的担子又微微的横着，他不容易赶过来。他想踏着草地绕过来，可是脚已迈出，又收了回去，好像很怕踏损了一两根青草似的。到了藤架前，女的立定了，无聊地，含怨地，轻叹了一声。挑伕也立住。大汉先往四下一望，而后挤了过来。这时候，太阳下面的雾正薄得像一片飞烟，把他的眉眼都照得发光。他的眉眼很秀气，可是像受过多少什么无情的折磨似的，他的俊秀只是一点残余。他的脸上有几条来早了十年的皱纹。他要把脸盆递给女人，她没有接取的意思。她仅"啊"了一声，把手缩回去。大概她还要夸赞这农场几句，可是，随着那声"啊"，她的喜悦也就收敛回去。阳光又暗了一些，他们的脸上也黯淡了许多。

那个女的不甚好看。可是，眼睛很奇怪，奇怪得使人没法不注意她。她的眼老像有甚么心事——像失恋，损伤了儿女或破产那类的大事——那样的定着，对着一件东西定视，好久；才移开，又去定视另一件东西。眼光移开，她可是仿佛并没看到什么。当她注意一个人的时候，那个人总以为她是一见倾心，不忍转目。可是，当她移开眼光的时节，他又觉得她根本没有看见他。她使人不安，惶惑，可是也感到有趣。小圆脸，眉眼还端正，可是都平平无奇。只有在她注视你的时候，你才觉得她并不难看，而且很有点热情。及至她又去对别的人，或别的东西楞起来，你就又有点可怜她，觉得她不是受过什么重大的刺激，就是天生的有点白痴。

现在，她扭着点脸，看着秦妙斋。妙斋有点兴奋，拿出他自认为最美的姿态，倚在藤架的柱子上，也看着她。

"哪个叨？"挑伏不耐烦了："走不走吗？"

"明霞，走！"那个男人毫无表情地说。

"干什么的？"妙斋的口气很不客气地问他，眼睛还看着明霞。

"我是这里的主任。"那个男的一边说，一边往里走。

"啊？主任？"妙斋挡住他们的去路。"我们的主任姓丁。"

"我姓尤，"那个男的随手一拨，把妙斋拨开，还往前走，"场长派来的新主任。"

秦妙斋愣住了，闭了一会儿眼，睁开眼，他像条被打败了的狗似的，从小道跑进去。他先跑到大厅。"丁，老丁！"他急切地喊。"老丁！"

丁主任披着棉袍，手里拿着条冒热气的毛巾，一边擦脸，一边从楼上走下来。

"他们派来了新主任！"

"啊？"丁主任停止了擦脸，"新主任？"

"集合！集合！教他怎么来的怎么滚回去！"妙斋回身想往外跑。

丁主任扔了毛巾，双手撩着棉袍，几步就把妙斋赶上，拉住。"等等！你上楼去，我自有办法！"

妙斋还要往外走，丁主任连推带搡，把他推上楼去。而后，把钮子扣好，稳重庄严地走出来。拉开门，正碰上尤主任。满脸堆笑地，他向尤先生拱手："欢迎！欢迎！欢迎新主任！这是——"他的手向明霞高拱。没有等尤主任回答，他亲热地说："主任太太吧？"紧跟着，他对挑伕下了命令："拿到里边来吗！"把夫妻让进来，看东西放好，他并没有问多少钱雇来的，而把大小三张钱票交给挑伕——正好比雇定的价钱多了五角。

尤主任想开门见山地问农场的详情，但是丁务源忙着喊开水，洗脸水；吩咐工友打扫屋子，丝毫不给尤主任说话的机会。把这些忙完，他又把明霞大嫂长大嫂短地叫得震心，一个劲儿和她扯东道西。尤主任几次要开口，都被明霞给截了回去；乘着丁务源出去那会儿，她责备丈夫："那些事，干吗忙着问，日子长着呢，难道你今天就办公？"

第一天一清早，尤主任就穿着工人装，和工头把农场每一个角落都检查到，把一切都记在小本儿上。回来，他催丁主任办交代。丁主任答应三天之内把一切办理清楚。明霞又帮了丁务源的忙，把三天改成六天。

一点合理的错误，使人抱恨终身。尤主任——他叫大兴——是在美国学园艺的。毕业后便在母校里作讲师。他聪明，强健，肯吃苦。作起"试验"来，他的大手就像绣花的姑娘的那么轻巧，准确，敏捷。作起用力的工作来，他又像一头牛那样强壮，耐劳。他喜欢在美国，因为他不善应酬，办事认真，准知道回到祖国必被他所痛恨的虚伪与无聊给毁了。但是，抗战的喊声震动了全世界；他回了国。他知道农业的重要，和中国农业的急应改善。他想在一座农场里，或一间实验室中，把他的血汗献给国家。

回到国内，他想结婚。结婚，在他心中，是一件必然的，合理的事。结了婚，他可以安心地工作，身体好，心里也清静。他把恋爱视成一种精力的浪费。结婚就是结婚，结婚可以省去许多麻烦，别的事都是多余，用不着去操心。于是，有人把明霞介绍给他，他便和她结了婚。这很合理，但是也是个错误。

明霞的家里有钱。尤大兴只要明霞，并没有看见钱。她不甚好看，大兴要的是一个能帮助他的妻子，美不美没有什么关系。明霞失过恋，曾经想自杀；但这是她的过去的事，与大兴毫不相干。她没有什么本领，但在大兴想，女人多数是没有本领的；结婚后，他曾以身作则地去吃苦耐劳，教育她，领导她；只要她不瞎胡闹，就一切不成问题。他娶了她。

明霞呢，在结婚之前，颇感到些欣悦。不是因为她得到了理想爱人——大兴并没请她吃过饭，或给她买过鲜花——而是因为大兴足以替她雪耻。她以前所爱的人抛弃了她，像随便把一团废纸扔在垃圾堆上似的。但是，她现在有了爱人；她又可以仰着脸走路了。

在结婚后，她的那点欣悦和婚礼时戴的头纱差不多，永远收藏起去了。她并不喜欢大兴。大兴对工作的努力，对金钱的冷淡，对三姑六姨的不客气，都使她感到苦痛。但是，当有机会夫妇一道走的时候，她还是紧紧地拉着他，像将被溺死的人紧紧抓住一把水草似的。无论如何，他是一面雪耻的旗帜，她不能再把这面旗随便扔在地上！

大兴的努力，正直，热诚，使自己到处碰壁。他所接触到的人，会慢慢很巧妙地把他所最珍视的"科学家"三个字变成一种嘲笑。他们要喝酒去，或是要办一件不正当的事，就老躲开"科学家"。等到"科学家"天天成为大家开玩笑的用语，大兴便不能不带着太太另找吃饭的地方去了！明霞越来越看不起丈夫。起初，她还对他发脾气，哭闹一阵。后来，她知道哭闹是毫无作用的，因为大兴似乎没有感情；她闹她的气，他作他的事。当她自己把泪擦干了，他只看她一眼，而后问一声："该作饭了吧？"她至少需要一个热吻，或几句热情的安慰；他至多只拍拍她的脸蛋。他决不问闹气的原因与解决的办法，而只谈他的工作。工作与学问是他的生命，这个生命不许爱情来分润一点利益。有时候，他也在她发气的时候，偷偷弹去自己的一颗泪，但是她看得出，这只是怨恨她不帮助他工作，而不是因为爱她，或同情她。只有在她病了的时候，他才真像个有爱心的丈夫，他能像作试验时那么细心来看护她。他甚至于坐在床边，拉着她的手，给她说故事。但是，他的故事永远是关于科学的。她不爱听，也就不感激他。及至医生说，她的病已不要紧了，他便马上去工作。医生是科学家，医生的话绝对不能有错误。他丝毫没想到病人在没有完全好了的时候还需要安慰与温存。

她不能了解大兴，又不能离婚，她只能时时地定睛发呆。

现在，她又随着大兴来到树华农场。她已经厌恶了这种搬行李，拿着洗脸盆的流荡生活。她作过小姐，她愿有自己的固定的，款式的家庭。她不能不随着他来。但是既来之则安之，她不愿过十天半月又走出去。她不能辨别谁好谁坏，谁是谁非，但是她决定要干涉丈夫的事，不教他再多得罪人。她这次须起码把丈夫的正直刚硬冲淡一些，使大家看在她的面上原谅了尤大兴。她开首便帮忙了丁务源，还想敷衍一切活的东西，就连院中的大鹅，她也想多去喂一喂。

尤主任第一个得罪了秦妙斋。秦妙斋没有权利住在这里，请出！秦妙斋本没有任何理由充足的话好说，但是他要反驳。说着说着，他找到了理由："你为什么不称呼我为艺术家呢？"凭这个污辱，他不能搬走！"咱们等着瞧吧，看谁先搬出去！"

尤主任只知道守法讲理是必然的事。虽然回国以后，已经受过多少不近情理的打击，可是还没遇见这么荒唐的事。他动了气，想请警察把妙斋捉出去。这时候，明霞又帮了妙斋的忙，替他说了许多"不要太忙，他总会顺顺当当地搬出去"的话。

妙斋和丁务源开了一个秘密会议。妙斋主战，丁务源主和，但是在妙斋说了许多强硬的话之后，丁务源也同意了主战。他称赞妙斋的勇敢，呼他为侠义的艺术家。妙斋感激得几乎晕了过去。

事实上，丁务源绝对不想和尤主任打交手战。在和妙斋谈过话之后，他决定使妙斋和尤大兴作战，而他自己充好人。同时，关于他自己的事，他必定先和明霞商议一下，或者请她去办交涉。他避免与尤主任作正面冲突。见着大兴，他永远摆出使人信任的笑脸，他知道出去另找事作不算难，但是找与农场里同样的舒服而收入又高的事就不大容易。他决定用"忍"字对付一切。假若妙斋与工人们把尤主任打了，他便可以利用机会复职。即使一时不能复职，他也会运动明霞和股东太太们，教他作个副主任。他这个副主任早晚会把正主任顶出去，他自信有这个把握，只要他能忍耐。把妙斋与明霞埋伏在农场，他进了城。

尤主任急切地等着丁务源办交代，交代了之后，他好通盘地计划一切。但是，丁务源进了城。他非常着急。拿人一天的钱，他就要作一天的事，他最恨敷衍与慢慢地拖。在他急得要发脾气的时候，明霞的眼又定住了。半天，她才说话："丁先生不会骗你，他一两天就回来，何必这么着急呢？"

大兴并不因妻的劝告而消了气，但是也不因生气而忘了作事。他会把怒气压在心里，而手脚还去忙碌。他首先贴出布告：大家都要六时半起床，七时上工。下午一点上工，五时下工。晚间九时半熄灯上门，门不再开。在大厅里，他贴好：办公重地，闲人免进。而后，他把写字台都搬了来，职员们都在这里办事——都在他眼皮底下办事。办公室里不准吸烟，解渴只有白开水。

命令下过后，他以身作则的，在壁钟正敲七点的时节，已穿好工人装，在办公厅门口等着大家。丁务源的"亲兵"都来得相当的早，因为他们知道自己毫无本事，而他们的靠山能否复职又无把握，所以他们得暂时低下头去。他们用按时间作事来遮掩他们的不会作事。真正的工人迟到，受了秦妙斋的挑拨，他们故意和新主任捣乱。

尤主任忍耐地等着。等大家都来齐，他并没发脾气，也没说闲话。开门见山地，他分配了工作，他记不清大家的姓名，但是他的眼睛会看，谁是有经验的工人，谁是混饭吃的。对混饭吃的，他打算一律撤换，但在没有撤换之前，他也给他们活儿作——"今天，你不能白吃农场的饭，"他心里说。

"你们三位，"他指定三个工人，"去把葡萄枝子全剪了。不打枝子，下一季没法结葡萄。限两天打完。"

"怎么打？"一个工人故意为难。

"我会告诉你们！我领着你们去作！"然后，他给有经验的工人全分配了工作，"你们三位给果木们涂灰水，该剥皮的剥皮，该刻伤的刻伤，回来我细告诉你们。限三天作完。你们二位去给菜蔬上肥。你们三位去给该分根的花草分根……"然后，轮到那些混饭吃的："你们二位挑沙子，你们俩挑水，你们二位去收拾牛羊圈……"

混饭吃的都撅了嘴。这些事，他们能作，可是多么费力气，多么肮脏呢！他们往四下里找，找不到他们的

救主丁务源的胖而发光的脸。他们祷告："快回来呀！我
们已经成了苦力！"

那些有经验的工人，知道新主任所吩咐的事都是
应当作的。虽然他所提出的办法，有和他们的经验不甚
相同的地方，可是人家一定是内行。及至尤主任同他们
一齐下手工作，他们看出来，人家不但是内行，而且极
高明。凡是动手的，尤主任的大手是那么准确，敏捷。
凡是要说出道理的地方，尤主任三言五语说得那么简
单，有理。从本事上看，从良心上说，他们无从，也不
应当，反对他。假若他们还愿学一些新本事，新知识的
话，他们应该拜尤主任为师。但是，他们的良心已被丁
务源给蚀尽。他们的手还记得白板的光滑，他们的口还
咂摸着麯酒的香味；他们恨恶镰刀与大剪，恨恶院中与
山上的新鲜而寒冷的空气。

现在，他们可是不能不工作，因为尤主任老在他们
的身旁。他由葡萄架跑到果园，由花畦跑到菜圃，好像
工作是最可爱的事。他不叱喝人，也不着急，但是他的
话并不客气，老是一针见血地使他们在反感之中又有点
佩服。他们不能偷闲，尤主任的眼与脚是同样快的：他
们刚要放下活儿，他就忽然来到，问他们怠工的理由。

他们答不出。要开水吗？开水早送到了。热腾腾的一大桶。要吸口烟吗？有一定的时间。他们毫无办法。

他们只好低着头工作，心中憋着一股怨气。他们白天不能偷闲，晚间还想照老法，去捡几个鸡蛋什么的。可是主任把混饭的人们安排好，轮流值夜班。"一摸鸡鸭的档儿，我就晓得正要下蛋，或是不久就快下蛋了。一天该收多少蛋，我心中大概有个数目，你们值夜，夜间丢失了蛋，你们负责！"尤主任这样交派下去。好了，连这条小路也被封锁了！

过了几天，农场里一切差不多都上了轨道。工人们因为有点知识，到底容易感化。他们一方面恨尤主任，一方面又敬佩他。及至大家的生活有了条理，他们不由地减少了恨恶，而增加了敬佩。他们晓得他们应当这样工作，这样生活。渐渐地，他们由工作和学习上得到些愉快，一种与牌酒场中不同的，健康的愉快。

尤主任答应下，三个月后，一律可以加薪，假若大家老按着现在这样去努力。他也声明：大家能努力，他就可以多作些研究工作，这种工作是有益于民族国家的。大家听到民族国家的字样，不期然而然都受了感动。他们也愿意多学习一点技术，尤主任答应下给他们每星期开两次晚会，由他主讲园艺的问题。他也开始给大家筹备一间园艺室，使大家得到些正当的娱乐。大家的心中，像院中的花草似的，渐渐发出一点有生气的香味。

不过，向上的路是极难走的。理智的崇高的决定，往往被一点点浮浅的，低卑的感情所破坏。情感是极容易发酒疯的东西。有一天，尤大兴把秦妙斋锁在了大门外边。九点半锁门，尤主任绝不宽限。妙斋把场内的鸡鹅牛羊全吵醒了，门还是没有开。他从藤架的木柱上，像猴子似的爬了进来，碰破了腿，一瘸一点的，他摸到了大厅，也上了锁。他一直喊到半夜，才把明霞喊动了心，把他放进来。

由尤主任的解说，大家已经晓得妙斋没有住在这里的权利，而严守纪律又是合理的生活的基础。大家知道这个，可是在感情上，他们觉得妙斋是老友，而尤主任是新来的，管着他们的人。他们一想到妙斋，就想起前些日子的自由舒适，他们不由地动了气，觉得尤主任不近人情。他们一一地来慰问妙斋，妙斋便乘机煽动，把尤大兴形容得不像人。"打算自自在在地活着，非把那个猪狗不如的东西打出去不可！"他咬着牙对他们讲。"不过，我不便多讲，怕你们没有胆子！你们等着瞧吧，等我的腿好了，我独自管教他一顿，教你们看看！"

他们的怒气被激起来，大家都不约而同地留神去找尤大兴的破绽，好借口打他。

尤主任在大家的神色上，看出来情势不对，可是他的心里自知无病，绝对不怕他们。他甚至于想到，大家满可以毫无理由地打击他，驱逐他，可是他决不退缩，妥协。科学的方法与法律的生活，是建设新中国的必经的途径。假若他为这两件事而被打，好吧，他愿作了殉道者。

一天，老刘值夜。尤主任在就寝以前，去到院中查看，他看见老刘私自藏起两个鸡蛋。他不能睁着一只眼，闭着一只眼地敷衍。他过去询问。

老刘笑了："这两个是给尤太太的！"

"尤太太？"大兴仿佛不晓得明霞就是尤太太。他楞住了。及至想清楚了，他像飞也似的跑回屋中。

明霞正要就寝。平平的黄圆脸上没有任何表情，坐在床沿上，定睛看着对面的壁上——那里什么也没有。

"明霞！"大兴喘着气叫，"明霞，你偷鸡蛋？"

她极慢地把眼光从壁上收回，先看看自己拖鞋尖的绣花，而后才看丈夫。

"你偷鸡蛋？"

"啊！"她的声音很微弱，可是一种微弱的反抗。

"为什么？"大兴的脸上发烧。

"你呀，到处得罪人，我不能跟你一样！我为你才偷鸡蛋！"她的脸上微微发出点光。

"为我？"

"为你！"她的小圆脸更亮了些，像是很得意。"你对他们太严，一草一木都不许私自动。他们要打你呢！为了你，我和他们一样地去拿东西，好教他们恨你而不恨我。他们不恨我，我才能为你说好话，不是吗？自己想想看！我已经攒了三十个大鸡蛋了！"她得意地从床下拉出一个小筐来。

尤大兴立不住了。脸上忽然由红而白。摸到一个凳子，坐下，手在膝上微颤。他坐了半夜，没出一声。

第二天一清早，院里外贴上标语，都是妙斋编写的。"打倒无耻的尤大兴！""拥护丁主任复职！""驱逐偷鸡蛋的坏蛋！""打倒法西斯的走狗！""消灭不尊重艺术的魔鬼！"……

大家罢了工，要求尤大兴当众承认偷蛋的罪过，而后辞职，否则以武力对待。

大兴并没有丝毫惧意，他准备和大家谈判。明霞扯住了他。乘机会，她溜出去，把屋门倒锁上。

"你干吗？"大兴在屋里喊，"开开！"

她一声没出，跑下楼去。

丁务源由城里回来了，已把副主任弄到手。"喝！"他走到石板路上，看见剪了枝的葡萄，与涂了白灰的果树，"把葡萄剪得这么苦。连根刨出来好不好！树也擦了粉，硬是要得！"

进了大门，他看到了标语。他的脚踵上像忽然安了弹簧，一步催着一步地往院中走，轻巧，迅速；心中也跳得轻快，好受；口里将一个标语按照着二黄戏的格式哼唧着。这是他所希望的，居然实现了！"没想到能这么快！妙斋有两下子！得好好的请他喝两杯！"他口中唱着标语，心中还这么念道。

刚一进院子，他便被包围了。他的"亲兵"都喜欢得几乎要落泪。其余的人也都像看见了久别的手足，拉他的，扯他的，拍他肩膀的，乱成一团；大家的手都要摸一摸他，他的衣服好像是活菩萨的袍子似的，挨一挨便是功德。他们的口一齐张开，想把冤屈一下子都倾泻出来。他只听见一片声音，而辨不出任何字来。他的头向每一个人点一点，眼中的慈祥的光儿射在每一个人的身上，他的胖而热的手指挨一挨这个，碰一碰那个。他感激大家，又爱护大家，他的态度既极大方，又极亲热。他的脸上发着光，而眼中微微发湿。"要得！""好！""呕！""他妈拉个巴子！"他随着大家脸上的表情，变换这些字眼儿。最后，他向大家一举手，大家忽然安静了。"朋友们，我得先休息一会儿，小一会儿；然后咱们再详谈。不要着急生气，咱们都有办法，绝对不成问题！"

"请丁主任先歇歇！让开路！别再说！让丁主任休息去！"大家纷纷喊叫。有的还恋恋不舍地跟着他，有的立定看着他的背影，连连点头赞叹。

丁务源进了大厅，想先去看妙斋。可是，明霞在门旁等着他呢。

"丁先生！"她轻轻地，而是急切地，叫，"丁先生！"

"尤太太！这些日子好哇？要得！"

"丁先生！"她的小手揉着条很小的，花红柳绿的手帕。"怎么办呢？怎么办呢？"

"放心！尤太太！没事！没事！来！请坐！"他指定了一张椅子。

明霞像作错了事的小女孩似的，乖乖地坐下，小手还用力揉那条手帕。

"先别说话，等我想一想！"丁务源背着手，在屋中沉稳而有风度地走了几步。"事情相当的严重，可是咱们自有办法，"他又走了几步，摸着脸蛋，深思细想。

明霞沉不住气了，立起来，迫着他问："他们真要打大兴吗？"

"真的！"丁副主任斩钉截铁地回答。

"那怎么办呢？怎么办呢？"明霞把手帕团成一个小团，用它擦了擦鼻洼与嘴角。

"有办法！"丁务源大大方方地坐下。"你坐下，听我告诉你，尤太太！咱们不提谁好谁歹，谁是谁非，咱们先解决这件事，是不是？"

明霞又乖乖地坐下，连声说"对！对！"

"尤太太看这么办好不好？"

"你的主意总是好的！"

"这么办：交代不必再办，从今天起请尤主任把事情还全交给我办，他不必再分心。"

“好！他一向太爱管事！”

“就是呀！教他给场长写信，就说他有点病，请我代理。”

“他没有病，又不爱说谎！”

“在外边混事，没有不扯谎的！为他自己的好处，他这回非说谎不可！”

“呕！好吧！”

“要得！请我代理两个月，再教他辞职，有头有脸地走出去，面子上好看！”

明霞立起来：“他得辞职吗？”

“他非走不可！”

“那？”

“尤太太，听我说！”丁务源也立起来。“两个月，你们照常支薪，还住在这里，他可以从容地去找事。两个月之中，六十天工夫，还找不到事吗？”

“又得搬走？”明霞对自己说，泪慢慢地流下来。楞了半天，她忽然吸了一吸鼻子，用尽力量地说：“好！就是这么办啦！”她跑上楼去。

开开门一看，她的腿软了，坐在了地板上。尤大兴已把行李打好，拿着洗面盆，在床沿上坐着呢。

沉默了好久，他一手把明霞搀起来，"对不起你，霞！咱们走吧！"

院中没有一个人，大家都忙着杀鸡宰鸭，大宴丁主任，没工夫再注意别的。自己挑着行李，尤大兴低着头向外走。他不敢看那些花草树木——那会教他落泪。明霞不知穿了多少衣服，一手提着那一小筐鸡蛋，一手揉着眼泪，慢慢地在后面走。

树华农场恢复了旧态，每个人都感到满意。丁主任在空闲的时候，到院中一小块一小块地往下撕那些各种颜色的标语，好把尤大兴完全忘掉。

不久，丁主任把妙斋交给保长带走，而以一万五千元把空房租给别人，房租先付，一次付清。

到了夏天，葡萄与各种果树全比上年多结了三倍的果实，仿佛只有它们还记得尤大兴的培植与爱护似的。

果子结得越多，农场也不知怎么越赔钱。

原载1943年1月8日至24日重庆《大公报》

八太爷

　　王二铁只念过几天私塾，斗大的字大概认识几个。他对笔墨书本全无半点好感，却喜的是踢球打拐，养鸟放风筝。他特别不喜爱书本。给他代替书本的是野台戏评书，和乡里的小曲与传说——他从这里受到教育。

　　他羡慕闲书、戏出与传说中的英雄好汉，而且在乡间械斗与唱戏的时候，他的行动，在他自己想，也的确有些英雄好汉的劲儿。就以唱戏来说吧，他总被管事的派作台下打手。假若有人在戏场上调戏妇女或故意捣乱，以至教秩序没法维持下去，管事的便大喝一声"拉出去"，而王二铁与其余的打手，便把闹事的拉出去饱打一顿。这样的尽力维持秩序，当然有一点报酬：管事的把末一天的戏完全交给打手们去调动，打手就必然的专点妇女们绝不敢来看的戏，而尽量的享受一天。可是，打手们的业务与权利并不老是这么轻快可喜。假若被打的人想报复，而结队前来挑战骂阵，即使是在戏已杀台后的许多天，打手们也还得义不容辞的去迎战；宁可掉了脑袋，也不能屈膝。掉脑袋的事儿虽然不是好玩的，可是为了看末一天的"荣誉"戏，王二铁与他的伙伴们谁也不肯退后示弱；只要有戏他们总是当然的打手。

在王二铁所知道的一批英雄之中，如张飞、李逵、武松、黄天霸等，他最佩服康小八。这有些原因：第一，康小八是在西太后当政的时候，使北京城里城外军民官吏一概闻名丧胆，而且使各州府县都感到兴奋与恐怖的人物。现在的七八十岁的老人，还有亲眼看见过他的。口头的描写比文字更有力量。王二铁只在舞台上看见过黄天霸与李逵，可是常由人们的口中听到康小八；康小八差不多是还活着呢。黄天霸只会打镖，而康小八用的是一对手枪。手枪，这是多么亲切，新颖，使人口中垂涎的东西呀！有了会打手枪的好汉在眼前，谁还去羡慕那手使板斧，或会打甩头一子的人物呢。第二，据说康小八是个黑矮个子，有两条快腿。王二铁呢，也是面黑如铁，而且身量不高。他的伙伴们往往俏皮他面黑身短。他明知道这不过是大家开开玩笑，并无损于他的尊严，可是他心中总多少有点不大得味儿。他想洗刷这个小小的"污点"。舞台上的黄天霸，他看，老是很漂亮的脸上敷粉，头上戴满了绒球的人。他开始反对黄天霸。及至他看过了《东皇庄》，扮康小八的是便衣薄底快靴，远不及黄天霸的漂亮威风，而耍的却是真刀真枪，他马上得到了一个满意的结论：黄天霸不过是个小白脸，康小八——跟他自己一样的又矮又黑——才是真正的好汉，为了这个结论，他和伙伴们打过许多次架。越打架，他越下工夫练拳，踢桩子，摔跤，拿大顶，好去在众人面前证明他是康小八转世，而康小八的确比黄天霸更利害。

拳头硬会使矮子变成高子，黑的变成白的。没人再敢俏皮王二铁了，因为痛快了嘴而委屈了身上是不大合算的。可是，拳头也还有打不到的地方。大家不敢明言，却在背地里唧咕。他们暗中给他起了个外号——东洋鬼！在形相上，东洋鬼暗示出矮的意思；在心理上，大家表示出恨恶他，正和恨恶日本人似的。

二铁的憎恶日本人，正和别的乡下人一样。他不知道日本侵略中国的历史，但是日本人这一名词在他心中差不多和苍蝇臭虫同样的讨厌。现在"东洋鬼"加在他自己身上了，他没法忍受。他想用拳头消灭这个可恶的绰号。可是，大家并不明言，而只用眼光把它射出来！他想离开故乡。

他早就想离开家乡——北平北边，快到昌平的大柳庄。为了实现自己的理想，他非走不可。他的身量、面色、力气、脚程，都像康小八。康小八是个赶驴的，他自己是庄稼汉，好汉不怕出身低呀。面对着北山，他时常出着神的盘算：假若有几百喽啰兵，由他率领，把住山口，打劫来往客商。而后等粮足马壮，再插起杏黄旗替天行道，救弱扶贫，他岂不就成了窦尔敦么？但是，窦寨主也比不了康小八。康八太爷没有喽啰，没有山寨，而敢在北京城里作案。作了案之后，大摇大摆的走进茶馆酒肆，连办案的巡缉暗探都得赶过来，张罗着会八太爷的钞。一语不合，掏出手枪，砰！谁管你是公子王孙，还是文武官员，八太爷是毫不留情的。到投案打官司的时候，人家八太爷入了北衙门，还是脚上没镣，手上没铐，自自在在的吃肉喝酒耍娘们。在南衙门定案之后，连西太后都要看看这个黑矮子。到了菜市口，八太爷自己跳上凌迟柱子下倒放着的筐子，面不改色。不准用针点心，不准削下头皮遮住眼睛，人家八太爷睁眼看着自己的乳头，自己的胳臂被刽子手割下，而含笑的高声的问："八太爷变了颜色没有？"成千成万的人一齐喝彩："好吗！"这才算是好汉，连窦尔敦也还差点劲儿啊！

康小八差不多附了二铁的体。二铁不闲着则已，一有空闲，他就不由的质问自己，为什么那个黑矮子可以作出惊天动地的事来，而自己这个黑矮子只蹲在家里拔麦子耪大地？他渴想得到一把手枪。有了枪，他便上北平。他不再面对着北山出神了，北平才是真正可以露脸的地方；他的心和脸一齐朝了南。

可是，他得不到手枪。即使能以得到，他也还走不开。他的老母亲还活着呢。他并不怕母亲，也未曾从书本上明白了何为孝道。也许是什么一点民族文化的胶合力吧，把他多多少少的粘在中国的历史上，他究竟是个中国人，因而他对母亲就有许多不好意思的地方。好像母亲的手中有一根无形的绳子，把他这条野驴拴在门外的榆树上。他时时想不辞而别。有时候他真的走出一二十里去，虽然腰里没有手枪，可是带着一些干粮。走来走去，他拨转了马头。不行，老母亲的白发与没了牙的嘴不容许他去作英雄。走回家来，他无论是拔麦子，还是劈高粱叶，都在全村考第一。他把作英雄的力气用在作庄稼活上。不为讨谁的好，只为把力气消耗出去。因此，虽然他被仇人们叫作"东洋鬼"，可是一般的人凭良心说话的时节，还不能不夸赞他两句："二铁虽然是好闹事的胡涂虫，对他娘可是还不错呀！"

在七七抗战那年的春天，王老太太死了。二铁哭了一大阵，而后卖了二亩田，喝了半斤白干，把母亲埋葬了。丧事办完之后，他没心去作什么，只穿着孝袍子在村子外边绕来绕去。正是农忙的时候，而二铁绝对不肯去忙。村中的老人们看出点危险来。在吃过晚饭，点上叶子烟的时候，他们低声的说出预言："这小子没了娘，还怕谁呢？看着吧，说不定就会好吃懒作，把田卖净。再没事儿弄点猫尿，喝醉了胡来。把钱花光，他要不作贼，算我没长来眼睛！"随着这预言而来的恐惧不止一款：他会酗酒闹事，会调戏妇女，会勾结土匪，会引诱年轻人学坏……

可是，二铁毫无动作。他常常坐在母亲的坟头儿前面，脸朝南发愣。要不然，他在村外的水塘边上去照自己的脸。白色的孝衣，把他的脸衬得更黑。他一边照影，一边用手摸他的脸。他的脸上每一块肉几乎都是硬的，处处都见棱见角。这样坚硬而多棱角的脸是不会很体面的，可是摸起来倒教他高兴，硬汉当然有一幅硬脸啊。只有他的矮趴趴的鼻子头有点软活劲儿。当他看厌了自己的时候，他便抬着头出神，用三个手指揪，揉，拉，他的鼻头，好像很好玩似的。

忽然的，他把所有的一点点地全卖了。卖得很便宜。村中的长辈们差不多不敢正眼看他了，他们预言的一部分已经应验，而提心吊胆的等待着明天的发展。同时，卖肉的，卖酒的，甚至于连推车卖布的，都一致的在王家门外多吆喝几声。有时候，他们在路上遇到他，便也立住和他闲扯几句，而眼光射在他的腰间。可是，他的手老不去掏他的腰包。他早晚依旧练工夫。赌徒们，本村的和外村的，时常搭讪着来陪他练，希望练完工夫，他也陪他们去玩玩牌九。有一天，他发了怒："我的钱是留着买枪的！滚蛋！"

买枪！买枪！买枪！一会儿传遍了村里村外。长老们的心要从口中跳出来！

忽然的，王二铁不见了。

买枪去了！买枪去了！大家争着代他宣传，而且猜测枪到了手以后，二铁究竟要干什么。有人为这个事打了赌。

过了一个多月，大家都等得不耐烦了，二铁才满头大汗的走了回来。他已脱了孝衣而穿上一身阴丹士林的新蓝裤褂。大家马上都变成了侦探，想设法看到他的手枪。假若他把枪带在腰间，就应当很容易被看到，因为他只穿着一身单裤褂。可是，大家谁也没能发现什么。他有时候打赤背，腰间除了一根宽宽的硬带子，什么也没有。

放牛的孩子们，渐渐成了重要人物。二铁常常独自走出很远，而村子里的人起着誓说，他们千真万确的听到远处有枪声。这一定是二铁在荒僻的地方打靶吧，或者，哼，也许是劫人呢！大人没有工夫，放牛的孩子们会拐弯抹角的钉梢。孩子们虽然也没亲眼看见二铁真的在某处打靶，或劫人，可是他们的报告总会供给大家以疑神疑鬼——这自然是很有趣的——的资料。

六月底，二铁想卖掉他的三间土房。没有人敢买。碰了几个钉子之后，他把村长——一位五十多岁而还吃斤饼斤面的干巴老头儿——像窦尔敦拉黄天霸似的，拉到自己的门前。把村长按在磨盘上，他坐在一束高粱秆儿上。开门见山的，他告诉村长：

"我卖这三间土房，马上用钱，你给我卖！"

村长用像老树根子的手指，梳了梳短须而后摇了摇头。

"你不管？"二铁立起来。

"我知道你要干什么呢？"

"那你不用管，"二铁往前凑了一步。"我问你，要这三间土房不要？"

村长又微微摇了摇头。

二铁又往前凑了一步。手往腰门按了按。

"二铁！"村长咽了一口唾味。"二铁！你是个好孩子，有力气，有本事，为什么不好好的成个家，生儿养女，像个人似的呢？卖房子卖地，你对得起你的老人们吗？你说！"

二铁的眼看着地上的一条花毛虫，只看了一秒钟。然后他的眼对准了村长的，眼珠和脸都忽然的更黑了。

"你知道我是谁吗？"

"废话！你难道不是二铁？"

"我是康小八！我黑，我矮，我有力气，我腿快，我还有枪！"他喘了一口气。"这个破村子留不住我，我要上大城里去作个好汉！赶明儿个，你听说大城里头又出了康小八，那就是我！先不用害怕，我不在这个破村子里吓吓你们土头土脑的人。我要站在前门外头，劫两辆汽车，给你们看看！"

"噢！"老头儿慢慢的立起来，想要走开。

二铁一把抓住老者的腕子。"别走！这三间房子怎么办？为这屁股大的一点地和这间臭房，就值得我干一辈子的吗？"

"我，我不管！康小八是个贼！"

"什么？"二铁的手握紧了些。

"我是说呀！"老人故意的拿腔作调，"康小八是个贼，好人不作贼！"

二铁的手去摸枪。他晓得康小八永远是先开枪，免得多费话。

老人笑了笑，镇静而温和的说："告诉你，二铁，而今不是那个年头了。想当初，康小八有枪，别人没有，所以能横行霸道，大闹北京城。而今，枪不算什么稀罕物儿了，恐怕你施展不开。我说的是实话，听不听随你！"说完，老人又微笑了笑，从容的夺出自己的手来，慢慢的走开。

二铁楞住了。他的脑子——没受过任何训练——是不会细想什么的。平日，只凭心血来潮，要作什么就作了，结果如何，全不考虑。今天，听到村长的话，他的心中凉了一下，把要掏枪就打的热劲儿减低了许多度。
他的手离开了枪。心中好像要想什么。但是，他没有思
索的习惯，心中只觉得发堵，不，他不能这样轻易屈
服，他得作点什么，使心中畅快。他极快的掏出枪来，
赶上几步，高声的喊道：

"你站住！"

村长站定了。

"这三间土房，交给你看着。能卖就卖；不能卖，
你给看着！不听话，你看这个！"二铁举起枪来，砰！一
颗子弹打进老榆树的干子去。"我走啦，再回来的时候，
我就是真正的康小八了！"说罢，他几乎是擦着村长的肩
头，迈着大步，向南走去，枪还在手中提着。村人听到
枪响，争着往门外跑，可是一看见提着枪的二铁，又都
把头缩回门里去。

走到了安定门的关厢，二铁还打听哪里是北平呢。
及至听到"这就是北平"，他还不敢相信。在他的心中，
北平到处是宝石砌的墙，街上的树都是一两丈高的珊
瑚，怎么这个关厢也这么稀松平常呢？更使他伤心的是
他已经看到拿枪的人，保安队，宪兵，都有枪！事前不
详加考虑的人，后悔也最快。他后悔了。不错，凭他那

四五亩田，和三间土房，他辛苦的干一辈子恐怕连个老
婆也混不上，更不要说作什么英雄好汉了。可是，现在
他还没有看到有饭碗大的金刚钻，与比馒头还大的金钉
子的皇宫内院，而已经看到许多的枪，长的短的，还有
明晃晃的刺刀。他晓得，要是不拿家伙而专比拳脚，上
来十个八个壮汉，他也不在乎。可是，若是十来枝枪围
住他，他该怎么办呢？枪弹把老榆树都一打一个深洞
啊！他想拨转马头回家。可是他的脚还往前走。不能回
家。回家只有放牛，耕地，流汗，吃棒子面与打那毫无
结果的架。北平才是藏龙卧虎的地方，尽管枪多，好汉
总还是好汉。他进了安定门。

　　打听明白天桥儿是在正南，他便一直的奔了天桥
去。在城里，看见汽车，电车，金匾的大铺子，他高兴
的多了。一边走，一边盘算，假若他单人独马去劫一辆
车，或一家金店，岂不就等于劫皇饷，盗御马么？那些
他所记得的红脸绿脸，有压耳毫，穿英雄氅的人们，在
他心中出来进去，如同一出武戏。

　　在天桥儿，他还没敢作案。袋里有那点卖田地的
钱，他吃了水爆羊肚，看了坤班的蹦蹦戏，还在练拳
卖膏药，举双石头，和摔跤的场子上帮了场，表演了

几次。不到三四天，这一带的流氓土混混几乎都知道了北京的康小八。酒肉朋友，一天就能拜两起儿盟兄弟。二铁——北京的康小八——的嘴虽不大伶俐，可是腰里很硬。大家不但知道他腰里有钱，而且有手枪。当他被大家灌醉了的时候，大家故意的探问："钱花光了怎办呢？"

他的黑脸被酒力催的，变成黑紫，他本想不回答这问题，可是嘴不听使，极快的说出来："我有枪，我是康小八！"

他的盟兄弟们已经不是梁山泊上的一百单八将了。他们在七七的前夕把他卖给了侦缉队。

他开枪拒捕，走出了永定门。

在小破土庙里，他倚着供桌打了一个盹。睁眼，已经天亮了。他很高兴这样无心中的开了张。从此，他的一切就专凭他的胆量与手枪了。他不能再拐弯，眼前的道路像摆好了的火车道，他只有像火车似的叮叮咣咣的循轨前进。他已经是一条好汉了，只须再作几件胆大手狠的事，便成了惊天动地的英雄好汉。

不凑巧，芦沟桥的炮声震动了全世界，谁还注意什么康小八不康小八呢。北平所有的枪都准备着向敌人射击，只有二铁还梦想着用他自己的那枝小黑东西去劫一辆汽车。

他不明白大家的愤怒、惊疑、吼叫、痛哭、咒骂都是为了什么。他一心一意的想教大家叫他作八太爷而人们却全都诅咒着日本人。噢，日本人，他自己也憎恶日本人。今天，他的八太爷的称号与威风被日本人压下去，所以就更恨日本人了。他是不是应当去和日本人干干教日本人也晓得他是八太爷呢？他不能决定。他的脑子不够用的了。

他安然的回到天桥儿，仿佛他从未开过枪，拒过捕似的。找到了出卖他的人，他想再试一试枪，增加一点威风。可是，他们并毫无惧色。他们众口一音的说：" 咱们这点臭事算得了什么呢？有本事打日本人去！ "

听到这种话，他分辨不出大家是激他，还是怕他。他只觉得这样的话似乎能往他心里去，使他没法不留下子弹，另有用途。

北平沦陷。当大队日本坦克车和步兵由南苑向永定门进行时，二铁在城外，趴在路旁的一株柳树后面。极快的他把子弹全射了出去。还没等日本鬼们来捉他，他已一跃而出："孙子们，好汉作事好汉当，我是康八太爷！"

他本想日本人会把他拖到菜市口，他好睁着眼看自己怎么死。在死的以前，他会喊喝："我打死他们六个，死得值不值?"等大家喝完了彩，他再说："到大柳庄去传个信，我王二铁真成了康八太爷！"

可是，多少刺刀齐刺进他的肉。东洋的武士不晓得康小八，他们的武士道也不了解康小八的胆气与刚强。

原载1943年6月1日《新中华》复刊第一卷第六期

一筒炮台烟

阙进一在大学毕业后就作助教。三年的工夫，他已升为讲师。求学、作事、为人，他还像个学生；毕业、助教、讲师，都没能使他忘了以前的自己。在大学毕业的往往像姑娘出嫁，今天还是腼腆的小姐，过了一夜便须变为善于应付的媳妇。进一不这样。直到作了讲师，他的衣服仍旧是读书时代的那些，衣袋里还时常存着花生米。他不吸烟，不喝酒，不会应酬，只有吃花生米是他的嗜好。

作了讲师，他还和学生们在一块去打球和作其他的运动与操作。有时候，他也和学生们一齐站在街上吃烤红薯，因此，学生们都叫他阙大哥。课后，他的屋里老挤满了男女同学，有的问功课，有的约踢球，有的借钱，有的谈心。他的屋子很小，可是收拾得极整齐清爽。门外铺着一个破麻袋，同学们有踏了泥的，必被他勒令去在麻袋上擦鞋底。小几上有个相当大的土磁花瓶，没有花，便插上几根青草，或一枝树叶。女同学们时常给他带来一点花。把花插好，他必亲自把青草或树叶扔在垃圾箱里去。他几乎永远不支使工友，同学们来到，他总是说一声："请不要把东西弄乱，我给你们提开水去。"

虽然接近同学，他可是永远不敷衍他们。他授课认真，改卷认真，考试认真，因此，他可就得罪了一小部分不用功的学生。在他心里，凡是按规矩办理，就是公正无私，而公正无私就不应当引起任何人反感。他并不因为恨恶谁，才叫谁不及格。同时，他对不及格的学生表示，他极愿特别帮助他们在课外补习；因为给他们补习功课，而牺牲了他自己的运动时间也无所不可。通融办理，可是，绝对作不到。

这个公正无私的态度与办法，使他觉得他可以畅行无阻，可以毫不费心思而致天下太平。所以，他一天到晚老是快活的，像个无忧无虑的小鸟儿。

但是当他升为讲师的时候，他感到自己个儿的快乐，像孤独的一枝美丽的花，是无法拦阻暴风雨的袭来的。好几位与他地位相等的朋友，都争那个讲师的位

116

子，他丝毫没把这件事放在心里，更不想去向谁说句好话，或折腰。他以为那是极可耻的事。

聘书落在了他的手中。这，惹恼了竞争地位的同事们，而被他得罪过的同学也随着兴风作浪。他几乎一点也不晓得，假若聘书落在别人的手中，他一定不会表示什么不满意，聘谁和不聘谁是由学校当局作主啊。所以，聘书到了他自己手中，他想别人也无话可说。可是慢慢的，女同学们全不到他的屋中来了；又过了一个时期，男同学也越来越少了。没有人来，正好，他可以安静地多读点书，他想不到风之后，会有什么大雨下来。谣言都已像熟透了的樱桃，落在地上，才被他拾起来。他有许多罪过；贪玩不好；教书，巴结学校当局，行为有乖师道。联络学生……还有引诱女生。

他是个粗壮而短矮的人，无论是立着还是躺着。他老像一根柏木桩子似的。模样长的不错，而脸色相当的黑；因此，他内心的爽朗与眉眼的端正都遮上了一片微黑的薄云。好像帮助他表示爱说话似的，他的嘴特别大。每当遇到困难问题，他的大嘴会向左边——永远向左边——歪，直到无可再歪，才又收回来。歪完了嘴而仍解决不了问题，他的第二招是用力的啃手指甲，有时候会啃出血来。

谣言的袭击，使他歪了几小时的嘴，而且咬破了手。最后，他把嘴角收回，对自己说："扯淡！辞职，不干了！"马上上了辞职书。并且，绝对不见一个朋友，一个学生。自己的事，自己拿主意，用不着宣传。

辞呈被退回来，并且附着一封慰留的信。

把文件念了两三遍，他又歪了嘴，手插在裤袋里，详细的打主意。大约有十分钟吧，他的主意已打定："谣言总是谣言。学校当局既不信谣言，而信任我，再多说什么便是故意的罗嗦！算了吧，"对自己说完了这一套，他打开了屋门与窗子，叫阳光直接射到他的黑脸上；一切都光亮起来。极快的买来一包花生米，细细的咀嚼；嚼到最香美的时候，嘴向左边歪了去。又想起个主意来，赶快结婚，岂不把引诱女生的谣言根本杜绝？对的。他给表妹董秀华打了电报去。

他知道，秀华表妹长得相当的清秀，而脾气不大很好——小气，好吵嘴。他想，只有他足以治服她的小嘴；绝对不成问题。他还记得：有一回——大概有五六年了吧——他偷偷吻了她一下，而被她打了个大嘴巴子，打的相当的疼。可是他禁得住；再疼一点也没关系。别个弱一点的男子大概就受不了，但是他自己毫不在乎，他等着回电。

等了一个星期，没有回电或快信。他冒了火。在他想，他向秀华求婚，拿句老话来说，可以算作"门当户对"。他想不出她会有什么不愿意的理由。退一步讲，即使她不愿接收他，也该快点回封信；一声不响算什么办法呢？在这一个星期里，他每天要为这件不痛快的事生上十分钟左右的气。最后他想写一封极厉害的信去教训教训秀华。歪着嘴，嚼着花生米，他写了一封长而厉害的信。写完，又朗读了一遍，他吐了口气。可是，将要加封的时候，他笑了笑，把信撕了。"何必呢！何必呢！她不回信是她不对，可是自己只去了个简单的电报，人家怎么答复呢？算了！算了！也许再等两天就会来信的。"

又过了五天，他才等到一封信——小白信封，微微有些香粉味；因为信纸是浅红的，所以信封上透出一点令人快活的颜色。信的言语可是很短，而且令人难过："接到电报，莫名其妙！敬祝康健！秀。"

进一对着信上的"莫名其妙"楞了十多分钟。他想不出道理来，而只觉得妇女是一种奇怪的什么。买了足够把两个人都吃病的花生米，他把一位号称最明白人情的同事找来请教。

"事情成功了。"同事的告诉他。

"怎么？"

"你去电报，她迟迟不答，她是等你的信。得不到你的信，所以她说莫名其妙，催你补递情书啊。你的情书递上，大事成矣。恭喜！恭喜！"

"好麻烦！好麻烦！"进一啼笑皆非的说，可是，等朋友走后，他给秀华写了信。这是信，不是情书，因为他不会说那些肉麻的话。

按照他的想法，恋爱、定婚、结婚，大概一共有十天就都可以完事了。可是，事情并没有这么简便干脆。秀华对每件事，即使是最小的事，也详加考虑——说"故意麻烦"也许更正确一点。"国难期间，一切从简，"在进一想，是必然的。到结婚这天，他以为，他只须理理发，刷刷皮鞋，也就满够表示郑重其事的了。可是，秀华开来的定婚礼的节目，已足使两个进一晕倒的。第一，他两人都得作一套新衣服，包括着帽子、皮鞋、袜子、手帕。第二，须预备二三桌酒席；至不济，也得在西餐馆吃茶点。第三，得在最大的报纸的报头旁边，登头号字的启事。第四，……进一看一项，心中算一算钱，他至少须有两万元才能定婚！他想干脆的通知秀华，彼此两便，各奔前程吧。同时，他也想到：劳民伤财的把一切筹备好，而亲友来到的时节谁也说不清到底应当怎样行礼，除了大家唧咕唧咕一大阵，把点心塞在口中，恐怕就再没有别的事；假若有的话，那就是小姐们——新娘子算在内——要说笑，又不敢，而只扭扭捏捏的偷着笑。想到这里，他打了个震动全身的冷颤！非写信告诉秀华不可：结婚就是结婚，不必格外的表演猴儿戏。结婚应当把钱留起来，预备着应付人口过多时的花费。不能，不能，不能把钱先都化去，叫日后相对落泪。说到天边上去，他觉得他完全合理，而表妹是瞎胡闹。他写好了信——告诉她彼此两便吧。

好像知道不一定把信发出去似的，也没有照着习惯写好信马上就贴邮票。他把信放在了一边。秀华太麻烦人，可是，有几个不罗嗦的女子呢？好吧，和她当面谈一谈，也当更有效力。

预备了像讲义那么有条理的一片话，他去找秀华。见了面，他的讲义完全没有用处。秀华的话像雨里的小雹子，东一个，西一个，随时闪击过来；横的，斜的，出其不意的飞来，叫他没法顺畅的说下去。有时候，她的话毫无意义，回答也好，不回答也好，可是适足以扰乱了进一的思路。

最后，他的黑脸上透出一点紫色，额上出了些汗珠。"秀华，说干脆的，不要乱扯！要不然，我没工夫陪你说废话！我走！"

他真要走，并不是吓吓她，也没有希望什么意外的效果。可是，秀华让步了。他开始对着正题发言。商谈的结果：凡是她所提出的办法，一样也没撤销，不过都打了些折扣。进一是爽快的人，只要事情很快的有了办法，他就不愿多争论。而且，即使他不惜多费唇舌，秀华也不会完全屈服；而弄僵了之后，便更麻烦——事事又须从头商讨一遍啊。

他们定了婚，结了婚。

在进一想，结婚以后的生活应当比作单身汉的时候更简单明快一些，因为自己有了一个帮忙的人。因此，在婚前，他常常管秀华叫作"生活的助教"。及至结了婚，他首先感觉到，生活不但不更简单一些，反而更复杂的多了。不错，在许多的小事情上，他的确得到了帮助：什么缝缝钮扣，补补袜子呀，现在已经都无须他自己动手了。可是，买针买线，还得他跑腿，而且他所买的总是大针粗线，秀华无论如何也不将就！为一点针线，他得跑好几趟。麻烦！麻烦得出奇！

还有秀华不老坐在屋里安安静静的补袜子呀。她有许多计划，随时的提将出来。他连头也不抬，就那末不着痕迹的，一边挑花，或看《妇女月刊》，一边的说："咱们该请王教授们吃顿饭吧？你都不用管！我会预备！"或者"咱们还得买几个茶杯。客来了，不够用的呀！我已经看好了一套，真不贵！"

进一对抗战是绝对乐观的。在婚前，只要一听到人们抱怨生活困难，他便发表自己的意见！"勒紧了肚子，没有过不去的事。我们既没到前线去作战，还不受点苦？民族的复兴，须要经过血火的洗礼！哼！"他以为生活的困难绝对不足阻碍抗战的进行，只要我们自己肯像苦修的和尚那么受苦。他的话不是随便说的，他自己的生活便是足以使人折服的实例。因此，他敢结婚。他想，秀华也是青年，理应明白抗战时所应有的生活方式。及至听到秀华这些计划，他的嘴歪得几乎不大好拉回来了。秀华已经告诉他好几次，不要歪嘴，可是他没法矫正自己。他想不到秀华会这么随便的乱出主意。他可是也不便和她争辩，因为争辩是吵架的起源。

"别以为我爱化钱请贵客，"秀华不抬头，而瞟了丈夫一眼，声音并没提高，而腔调更沉重了些，"我们作事就得应酬，不能一把死拿，叫人家看不起咱们！"

进一开始啃手指甲。他顶恨应酬。凭自己的本领挣饭吃，应酬什么呢？况且是在抗战中！但是他不敢对她明言。她是那么清秀，那么娇嫩，仿佛是与他绝对不同的一种人。既然绝对不相同，她就必有她的道理。在体格上，学识上，他绝对相信自己比她强的。他可以控制她。但是，无论怎样说，她是另一种人，她有他所没有的一些什么。他能控制她，或者甚至于强迫她随着他的意见与行动为转移。可是，那并不就算他得到了一切。她所有的，永远在他自己的身上找不到。她的存在，从某一角度上去看，是完全独立的。要不然，他干么结婚呢？

他只好一声不响。

秀华挑了眼："我知道，什么事都得由着你！我不算人！"她放下手中的东西，眼中微湿的看着他，分明是要挑战。

他也冒了火。他丝毫没有以沉默为武器的意思。他的不出声是退让与体谅的表示。她连沉默也不许，也往错里想，这简直是存心怄气。还没把言语预备好，他就开了口，而且声音相当的直硬："我告诉你！秀华！"

夫妻第一次开了口战。谁都有一片大道理，但是因为语言的慌急，和心中的跳动，谁都越说越没理；到后来，只求口中的痛快，一点也不管哪叫近情，何谓合理；说着说着，甚至于忘了话语的线索，而随便用声音与力气继续的投石射箭。

经过这一次舌战，进一有好几天打不定主意，以后是应该更强硬一点好呢？还是更温和一点好呢？幸而，秀华有了受孕的征兆，她懒，脸上发黄，常常呕吐。进一得到了不用说话而能使感情浓厚的机会，他服侍她，安慰她，给她找来一些吃不吃都可以的小药。这时候，不管她有多少缺点，进一总觉得自己有应当惭愧的地方。即使闹气吵嘴都是由她发动吧，可是她现在正受着一种苦刑，他一点也不能分担。她的确是另一种人，能够从自己的身中再变出一个小人来。

看着她，他想象着将要作他的子或女的样子：头发是黑的，还是黄的；鼻子是尖尖的，还是长长的？无论怎么想，他总觉得他的小孩子一定是可爱的，即使生得不甚俊美，也是可爱的。

在婚前，有许多朋友警告过他！小孩子是可怕的，因为小人比大人更会化钱。他不大相信。他的自信心叫他敢挺着胸膛去应付一切困难。他的收入很有限，又没有什么财产。他知道困难是难免的，但不是不可克服的。一个人在抗战中，他想，是必须受些苦的。他不能因为增加收入而改行去作别的。教育是神圣的事业。假若他为生活舒服而放弃了教职，便和临阵脱逃的一位士兵一样。同时，结婚生孩子是最自然的事，一个人必须为国家生小孩，养小孩，教育小孩。这样，结婚才有了意义，有了结果。在困苦中，他应当挺着胸准备作父亲，不该用皱皱眉和叹气去迎接一条新生命。困难是无可否认的，但是唯其有困难，敢与困难搏斗，仿佛才更有意义。

可是，金钱到手里，就像水放在漏壶里一样，不知不觉的就漏没有了。进一还是穿着那些旧衣服，还是不动烟酒，不虚化一个钱。可是一个月的薪水不够一个月化的了。要糊过一个月来，他须借贷，他问秀华，秀华的每一个钱都有去路，她并没把钱打了水飘儿玩。

他不肯去借钱，他甚至看借钱是件可耻的事。但是咬住牙硬不去借，又怎么渡过一个月去呢？他不能叫怀孕的妇人少吃几顿饭！

他向来不肯从别人或别处找来原谅自己的理由。不错，物价是高了，薪水太少，而且自己又组织了家庭。这些都是一算便算得出来的，像二加二等于四那么显明。可是，他不肯这么轻易的把罪过推出去。他总认为家庭中的生活方式不大对，才出了毛病。或者仅是自己完全不对，因为若把罪过都推在秀华身上去，自己还算什么男子汉大丈夫呢？

秀华有一点钱便给肚中的娃娃预备东西。小鞋，小袜，小毛衣，小围嘴……都做得相当的考究，美观。进一很喜欢这些小物件，可是一打听细毛线和布帛的价钱，他才明白，专就这一项事来说，他的月薪当然不够化一个月的了，由这一点，他又想到生娃娃和生产以后的费用；大概一个月的薪水还不够接生的化费呢！秀华的身子是一天比一天的重了。他不敢劝她少给娃娃预备东西，也不敢对她说出生娃娃时候的一切费用。她需要安静，快乐；他不能在她身体上的苦痛而外，再使她精神上不痛快。他常常出一头冷汗，而自己用手偷偷的擦去。他相信自己并没作错一件事，可是也不知怎的一切都出了岔子。

秀华的娘家相当的有钱，她叫进一去求母亲帮忙。他不肯去。他从大学毕业那一天，就没再用过家中一个钱。那么，怎好为自己添丁进口而去求岳母呢。他的嘴不是为央求人用的。

这，逼得秀华声色俱厉的问他："那么，怎么办呢？"

进一惨笑了一下："受点苦，就什么事都办了！"

为证明他自己的话合理，进一格外努力的操作。他起得很早，把屋里屋外收拾得顶整洁，仿佛是说："你看，秀华，贫苦并无碍于生活的整洁呀！"同时他在一个补习学校兼了钟点。所得的报酬很少，可是他满脸笑容的把这一点钱递在秀华手中："秀华，别着急，咱们有办法，咱们年轻轻的，肯出点汗，还能教贫穷给捉住吗？是不是，秀华？"

秀华很随便的把那一点钱放在身旁，一语未发。

进一啃了半天手指甲，而后实在忍不住了，才低声的，恳切的说：

"华！我知道这一点钱太少，没有什么用处。可是，积少成多，我再去想别的法子呀。比如说，我可以写点稿子卖钱。"

"写稿子！"秀华冷淡的问。

"嗯！"进一想了一会儿："是这样，秀华，我尽到我的心，卖尽我的力，去弄钱。可是弄钱只为解决生活，而不为弄钱而弄钱。因此，我去兼课，我写稿子，一方面是增加收入，一方面也还为教书与作文章有益于别人的事。假若，你以为我可以用我的心力去作生意，发国难财，除了弄钱别无意义，你就完全把我看错了！我希望你把我凭良心挣下来的每一个钱，都看成我的爱，我的劳力，我的苦心的一个象征。你要为这样的钱吻我，夸赞我，我才能得到鼓励，要更要好要强，像一匹骏马那样活泼有力，勇敢热烈！能这样，我们俩便是一对儿好马，我们还怕拖不动这一点困苦吗？笑！秀华！笑！发愁，苦闷，有什么用处呢！"

秀华很勉强的笑了一笑。她有一肚子的委屈，可是只简单的缩敛成很短的，没有头尾的几句话："什么也没有，没有交际，没有玩耍，没有……"

"我知道！我知道！每次朋友来，都叫你脸红。没有好茶叶，漂亮的点心，没有香烟……甚至于没有够用的凳子和茶碗。可是，朋友们也该知道现在是抗战时期呀。他们知道这个，就该原谅咱们。假若咱们是由发国难财而有好茶好香烟好茶杯给他们享受，他们和咱们就都没有了良心，你说是不是？秀华，打起精神来，别再叫我心里难过！"

秀华没再说什么，可是脸上也并没有一点笑容。进一也不敢再多讲，他知道话太多了也不易消化。他去擦皮鞋，扫地，以免彼此对愣着。虽然如此，屋中到底还是沉静得难堪。

一位朋友来给解了围。进一的迎接朋友是直爽而热烈的。有茶，他便倒茶；没茶，他干脆说没有。假若没有茶，而朋友真口渴呢，他就是走出二里地也得把茶水弄了来。

这位朋友是来求他作点事。在婚后，正如婚前，进一有求必应的。特别在婚后，他仿佛是故意的作给秀华看："你说咱们不会招待朋友，朋友有事可是先来求我呀！彼此帮忙才是真朋友，应酬算什么呢！"

三言两语，朋友把事情说清楚；三言两语，进一说明了他可以帮忙。然后，他三步当作两步的去给友人办理那件事。

把事情办成，他给了友人回话，而后把它放在脑子后头——进一永远不爱多说怎样给别人帮忙的经过；帮忙是应该的，用不着给自己宣传。

过了几天，他已经几乎把这件事忘得一干二净了，友人来了，给他道谢。一边说着话，友人顺手的放下一筒儿炮台烟。

"喝！炮台！"进一笑着说。"干什么？"

"小意思！"友人也笑了笑。"送给你的！"

"我不吸烟！"进一表示不愿接收礼物。

"留着招待朋友。遇到会吸烟的。你送他一枝，一枝，他也得喜欢！"说罢，友人就搭讪着告辞了。

送客回来，他看见秀华正拿着那筒烟细细的看呢，倒仿佛从来没看见过的样子。

"秀华！"进一笑着叫。"给他送回去吧，反正咱们俩都不抽烟。凭咱们这破桌子烂板凳，摆上这么一筒烟也不配合！"

"你掂一掂！"秀华把筒儿举起来。

"干吗？"

"不像是烟，烟没有这么沉重！"

进一接过烟来，掂了一掂。掂了一小会儿，"不是香烟！可也不能是大烟吧？"说着，他把筒的盖儿掀开。"钱！"

"钱？"秀华探着脖子看。"多少？"

"管他多少呢，我马上给他送回去！"进一颇用力的把盖儿盖好。就要往外走。

"等等！你等等！"秀华立了起来。"到底是怎回事？"

"他托我给说了个情，我给办到了。没费我一个铜板，干吗送我钱呢？"进一又把嘴歪到左边去。

"大概事情不那么简单吧？"秀华慢慢的坐下。"求你的事必不像他说的那么容易。人家求你，你仿佛吃了蜜，连事情还没弄明白就一劲儿点头！"

"管它呢，反正我不能收这点钱！"

"这点钱，他应当给，应当多给！"

"秀华！"进一的脸上很不好看了。"这是贿赂！一文钱也是贿赂！"

说完，进一又要往外走。

从外面进来个二十岁上下的学生，走得慌速，几乎和进一碰个满怀。

"阚先生！"学生的眼中含着泪。

"怎么啦？丁文！"进一关切的问。

"弟弟急性盲肠炎！入院得先交一千，动手术又得一两千！他疼得翻滚，我没钱！我们的家在沦陷区！先生，你救命！"丁文把话一气说完，一下子坐在了小凳上，头上冒出大汗珠子。

"嗯！"进一手中掂着那个香烟筒，打主意。他好像忘了筒里装的是钱，而忽然的想起来。"等我看看！不要着急！"他打开烟筒，把一卷塞得很结实的钞票用力扯出来。极快的他数了一数。"嘿，整三千！丁文，这不是好来的钱，你愿意用吗？"

丁文几乎像抢夺似的把一卷票子抓在手中。"先生，人命要紧！"他噗咚一声跪在地上，磕了一个头起来，没再说什么，像箭头儿似的飞跑出去。

进一把嘴歪到一边，向门外发愣。

"进一！"秀华含着怒喊叫，"我不久也得入医院，也得先交一千，也得化一两千医药费！你怎么不给我想一想呢？你从哪里再弄到三千元呢？"

进一慢慢的走过来，轻轻的拍了两下秀华的肩。"华，天无绝人之路，咱们必有办法。无论什么吧，咱们的儿女必要生得干净！生得干净！"

原载1943年12月1日《文风杂志》创刊号

附　录

她的失败

北风吹着阵阵的寒云，把晴明的天日都遮住。这洁净的小屋中，才四点多钟，已觉得有些黑暗。

她坐在椅子上，拿着解放杂志翻来覆去的看，但是始终没有看清那一段是什么话，时时掩了书，对着镜子，呆呆的站着。

她一举一动，都像受了"无聊"的支配，时时仿佛听见皮鞋囊囊的声音，她却懒着向院中去看，以为这个声音，决不是假的，也决不是旁人。

拍拍的打门，小狗儿汪汪的乱叫，这冷淡的院宇，才稍微有些活气。

"兰香！看看谁打门呢！"

"或者是送信的吧！"兰香答应这句话狠诚恳。

兰香进来，一边走，一边念："普安寺十五号，秦心鸢女士，秋缄"

她赶紧站起来，接过信，不知怎样就拆开了，这是兰香看惯的，但是极注意她脸上的颜色。

她脸上忽然红了，又渐渐的灰白，狠不愿意拿自己的感情，去激动别人，就面向着里说："兰香你快泡茶去吧！"

她扶着椅子，不知想些什么，只看见镜里的灰白面孔，一阵阵的冷笑，她忽然像发狂的样子说："我为什么要受他的驱使？我为什么热心协助他，甚且要嫁他？"她软软的坐下。

好大半天，院中家雀，正在啁啁啾啾叫的高兴，忽然全飞了。兰香拿着茶碗进来。

"兰香！你知道宇宙间，也有热心作事的过错吗？这良心，是要寄在条规上吗？"这时候，兰香仿佛是天上降下来的神女。

"姑娘！那天我上街，见着了他，他说：'你们姑娘，实在诚实，只是少了些修饰，而且有点粗心，'姑娘！你的信，许我看看吗？"

"兰香！你替我看完了吧！"

"啊哟！姑娘！不但少些修饰，这天真烂缦，也是败事的根呢！"

原载1921年5月《海外新声》第一卷第三号

小铃儿

京城北郊王家镇小学校里，校长，教员，夫役，凑齐也有十来个人，没有一个不说小铃儿是聪明可爱的。每到学期开始，同级的学友多半是举他做级长的。

别的孩子入学后，先生总喊他的学名，惟独小铃儿的名字，——德森——仿佛是虚设的。校长时常的说："小铃儿真像个小铜铃，一碰就响的！"

下了课后，先生总拉着小铃儿说长道短，直到别的孩子都走净，才放他走。那一天师生说闲话，先生顺便的问道："小铃儿你父亲得什么病死的？你还记得他的模样吗？"

"不记得！等我回家问我娘去！"小铃儿哭丧着脸，说话的时候，眼睛不住的往别处看。

"小铃儿看这张画片多么好，送给你吧！"先生看见小铃儿可怜的样子，赶快从书架上拿了一张画片给了他。

"先生！谢谢你——这个人是谁？"

"这不是咱们常说的那个李鸿章吗！"

"就是他呀！呸！跟日本讲和的！"小铃儿两只明汪汪的眼睛，看看画片，又看先生。

"拿去吧！昨天咱们讲的国耻历史忘了没有？长大成人打日本去，别跟李鸿章一样！"

"跟他一样？把脑袋打掉了，也不能讲和！"小铃儿停顿一会儿，又继续着说："明天讲演会我就说这个题目，先生！我讲演的时候，怎么脸上总发烧呢？"

"慢慢练就不红脸啦！铃儿该回去啦！好！明天早早来！"先生顺口搭音的躺在床上。

"先生明天见吧！"小铃儿背起书包，唱着小山羊歌走出校来。

小铃儿每天下学，总是一直唱到家门，他母亲听见歌声，就出来开门；今天忽然变了：

"娘啊！开门来！"很急躁的用小拳头叩着门。

"今天怎么这样晚才回来？刚才你大舅来了！"小铃儿的母亲，把手里的针线，扦在头上，给他开门。

"在哪儿呢？大舅！大舅！你怎么老不来啦？"小铃儿紧紧的往屋里跑。

"你倒是听完了！你大舅等你半天，等的不耐烦，就走啦；一半天还来呢！"他母亲一边笑一边说。

"真是！今天怎么竟是这样的事！跟大舅说说李鸿章的事也好哇！"

"哟！你又跟人家拌嘴啦？谁？跟李鸿章？"

"娘啊！你要上学，可真不行，李鸿章早死啦！"从书包里拿出画片，给他母亲看，"这不是他；不是跟日本讲和的奸细吗！"

"你这孩子！一点规矩都不懂啦！等你舅舅来，还是求他带你学手艺去，我知道李鸿章干吗？"

"学手艺，我可不干！我现在当级长，慢慢的往上升，横是有做校长的那一天！多么好！"他摇晃着脑袋，向他母亲说。

"别美啦！给我买线去！青的白的两样一个铜子的！"

吃过晚饭小铃儿陪着母亲，坐在灯底下念书；他母亲替人家作些针黹。念乏了，就同他母亲说些闲话。

"娘啊！我父亲脸上有麻子没有？"

"这是打哪儿提起，他脸上甭提多么干净啦！"

"我父亲爱我不爱？给我买过吃食没有？"

"你都忘了！哪一天从外边回来不是先去抱你，你姑母常常的说他：'这可真是你的金蛋，抱着吧！将来真许作大官增光耀祖呢！'你父亲就眯眯眯眯的傻笑，搬起你的小脚指头，放在嘴边香香的亲着，气得你姑母又是恼又是笑。——那时你真是又白又胖，着实的爱人。"

小铃儿不错眼珠的听他母亲说，仿佛听笑话似的，待了半天又问道：

"我姑母打过我没有？"

"没有！别看她待我厉害，待你可是真爱。那一年你长口疮，半夜里啼哭，她还起来背着你，满屋子走，一边走一边说：'金蛋！金蛋！好孩子！别哭！你父亲一定还回来呢！回来给你带柿霜糖多么好吃！好孩子！别哭啦！'"

"我父亲那一年就死啦？怎么死的？"

"可不是后半年！你姑母也跟了他去，要不是为你，我还干什么活着？"小铃儿的母亲放下针线叹了一口气，那眼泪断了线的珠子般流下来！

"你父亲不是打南京阵亡了吗？哼！尸骨也不知道飞到哪里去呢！"

小铃儿听完，蹦下炕去，拿小拳头向南北画着，大声的说："不用忙！我长大了给父亲报仇！先打日本后打南京！”

“你要怎样？快给我倒碗水吧！不用想那个，长大成人好好的养活我，那才算孝子。倒完水该睡了，明天好早起！”

他母亲依旧作她的活计，小铃儿躺在被窝里，把头钻出来钻进去，一直到二更多天才睡熟。

“快跑，快跑，开枪！打！”小铃儿一拳打在他母亲的腿上。

“哟，怎么啦！这孩子又吃多啦！瞧！被子踹在一边去了，铃儿！快醒醒！盖好了再睡！”

“娘啊！好痛快！他们败啦！”小铃儿睁了睁眼睛，又睡着了。

第二天小铃儿起来的很早，一直的跑到学校，不去给先生鞠躬，先找他的学伴。凑了几个身体强壮的，大家蹲在体操场的犄角上。

小铃儿说：“我打算弄一个会，不要旁人，只要咱们几个。每天早来晚走，咱们大家练身体，互相的打，打疼了，也不准急，练这么几年，管保能打日本去；我还多一层，打完日本再打南京。”

“好！好！就这么办！就举你作头目。咱们都起个名儿，让别人听不懂，好不好？"一个十四五岁头上长着疙瘩，名叫张纯的说。

"我叫一只虎，"李进才说："他们都叫我李大嘴，我的嘴真要跟老虎一样，非吃他们不可！"

"我，我叫花孔雀！"一个鸟贩子的儿子，名叫王凤起的说。

"我叫什么呢？我可不要什么狼和虎，"小铃儿说。

"越厉害越好啊！你说虎不好，我不跟你好啦！"李进才撇着嘴说。

"要不你叫卷毛狮子，先生不是说过：'狮子是百兽的王'吗！"王凤起说。

"不行！不行！我力气大，我叫狮子！德森叫金钱豹吧！"张纯把别人推开，拍着小铃儿的肩膀说。

正说的高兴，先生从那边嚷着说："你们不上教室温课去，蹲在那块干什么？"一眼看见小铃儿声音稍微缓和些，"小铃儿你怎么也蹲在那块？快上教室里去！"

大家慢腾腾的溜开，等先生进屋去，又凑在一块商议他们的事。

不到半个月，学校里竟自发生一件奇怪的事，——永不招惹人的小铃儿会有人给他告诉："先生！小铃儿打我一拳！"

"胡说！小铃儿哪会打人？不要欺侮他老实！"先生很决断的说，"叫小铃儿来！"

小铃儿一边擦头上的汗一边说："先生！真是我打了他一下，我试着玩来着，我不敢再……"

"去吧！没什么要紧！以后不准这样，这么点事，值得告诉？真是！"先生说完，小铃儿同那委委屈屈的小孩子都走出来。

"先生！小铃儿看着我们值日，他竟说我们没力气，不配当，他又管我们叫小日本，拿着教鞭当枪，比着我们。"几个小女孩子，都用那炭条似的小手，抹着眼泪。

"这样子！可真是学坏了！叫他来，我问他！"先生很不高兴的说。

"先生！她们值日，老不痛痛快快的吗，三个人搬一把椅子。——再说我也没拿枪比画她们。"小铃儿恶狠狠的瞪着她们。

"我看你这几天是跟张纯学坏了，顶好的孩子，怎么跟他学呢！"

"谁跟卷毛狮……张纯……"小铃儿背过脸去吐了吐舌头。

"你说什么？"

"谁跟张纯在一块来着！"

"我也不好意罚你，你帮着她们扫地去，扫完了，快画那张国耻地图。不然我可真要……"先生头也不抬，只顾改缀法的成绩。

"先生！我不用扫地了，先画地图吧！开展览会的时候，好让大家看哪！你不是说，咱们国的人，都不知道爱国吗？"

"也好！去画吧！你们也都别哭了！还不快扫地去，扫完了好回家！"

小铃儿同着她们一齐走出来，走不远，就看见那几个淘气的男孩子，在墙根站着，向小铃儿招手，低声的叫着："豹！豹！快来呀！我们都等急啦！"

"先生还让我画地图哪！"

"什么地图，不来不行！"说话时一齐蜂拥上来，拉着小铃儿向体操场去，他嘴直嚷：

"不行！不行！先生要责备我呢！"

"练身体不是为挨打吗？你没听过先生说吗？什么来着？对了：'斯巴达的小孩，把小猫藏在裤子里，还不怕呢！'挨打是明天的事，先走吧！走！"张纯一边比方着，一边说。

小铃儿皱着眉，同大家来到操场犄角说道：

"说吧！今天干什么？"

"今天可好啦！我探明白了！一个小鬼子，每天骑着小自行车，从咱们学校北墙外边过，咱们想法子打他好不好？"张纯说。

李进才抢着说："我也知道，他是北街洋教堂的孩子。"

"别粗心咧！咱们都带着学校的徽章，穿着制服，打他的时候，他还认不出来吗？"小铃儿说。

"好怯家伙！大丈夫敢作敢当，再说先生责罚咱们，不会问他，你不是说雪国耻得打洋人吗？"李进才指教员室那边说。

"对！——可是倘若把衣裳撕了，我母亲不打我吗？"小铃儿站起来，掸了掸身上的土。

"你简直的不用去啦！这么怯，将来还打日本哪？"王凤起指着小铃儿的脸说。

"干哪！听你们的！走……"小铃儿红了脸，同着大众顺着墙根溜出去，也没顾拿书包。

第二天早晨，校长显着极懊恼的神气，在礼堂外边挂了一块白牌，上面写着：

"德森张纯……不遵校规，纠众群殴，……

照章斥退……"

原载1923年1月《南开季刊》第二、三期合刊

旅　行

老舍把早饭吃完了，还不知道到底吃的是什么；要不是老辛往他（老舍）脑袋上浇了半罐子凉水，也许他在饭厅里就又睡起觉来！老辛是外交家，衣裳穿得讲究，脸上刮得油汪汪的发亮，嘴里说着一半英国话，一半中国话，和音乐有同样的抑扬顿挫。外交家总是喜欢占点便宜的，老辛也是如此：吃面包的时候擦双份儿黄油，而且是不等别人动手，先擦好五块面包放在自己的碟子里。老方——是个候补科学家——的举动和老舍老辛又不同了：眼睛盯着老辛擦剩下的那一小块黄油，嘴里慢慢的嚼着一点面包皮，想着黄油的成分和制造法，设若黄油里的水分是一·〇七？设若搁上〇·六七的盐？……他还没想完，老辛很轻巧的用刀尖把那块黄油又插走了。

吃完早饭，老舍主张先去睡个觉，然后再说别的。老辛老方全不赞成，逼着他去收拾东西，好赶九点四十五的火车。老舍没法儿，只好揉眼睛，把零七八碎的都放在小箱子里，而且把昨天买的三个苹果——本来是一个人一个——全偷偷的放在自己的袋子里，预备到没人的地方自家享受。

东西收拾好，会了旅馆的账，三个人跑到车站，买了票，上了车；真巧，刚上了车，车就开了。车一开，老舍手按着袋子里的苹果，又闭上眼了，老辛老方点着了烟卷儿，开始辩论：老辛本着外交家的眼光，说昨天不该住在巴兹，应该一气儿由伦敦到不离死兔，然后由不离死兔回到巴兹来；这么办，至少也省几个先令，而且叫人家看着有旅行的经验。老方呢，哼儿哈儿的支应着老辛，不错眼珠儿的看着手表，计算火车的速度。

火车到了不离死兔，两个人把老舍推醒，就手儿把老舍袋子里的苹果全掏出去。老辛拿去两个大的，把那个小的赏给老方；老方顿时站在站台上想起牛顿看苹果的故事来了。

出了车站，老辛打算先找好旅店，把东西放下，然后再逛。老方主张先到大学里去看一位化学教授，然后再找旅馆。两个人全有充分的理由，谁也不肯让谁，老辛越说先去找旅馆好，老方越说非先去见化学教授不可。越说越说不到一块儿，越说越不贴题，结果，老辛把老方叫作"科学牛"，老方骂老辛是"外交狗"，骂完还是没办法，两个人一齐向老舍说：

"你说！该怎么办！？说！"

老舍打了个哈欠，揉了揉眼睛，擦了擦鼻子，有气无力的说：

"附近就有旅馆，拍拍脑袋算一个，找着那个就算那个。找着了旅馆，放下东西，老方就赶紧去看大学教授。看完大学教授赶快回来，咱们就一块儿去逛。老方没回来以前，老辛可以到街上转个圈子，我呢，来个小盹儿，你们看怎么样？"

老辛老方全笑了，老辛取消了老方的"科学牛"，老方也撤回了"外交狗"；并且一齐夸奖老舍真聪明，差不多有成"睡仙"的希望。

一拐过火车站，老方的眼睛快（因为戴着眼镜），看见一户人家的门上挂着："有屋子出租"，他没等和别人商量，一直走上前去。他还没走到那家的门口，一位没头发没牙的老太婆从窗子缝里把鼻子伸出多远，向他说："对不起！"

老方火儿啦！还没过去问她，怎么就拒绝呀！黄脸人就这么不值钱吗！老方向来不大爱生气的，也轻易不谈国事的；被老太婆这么一气，他可真恼啦！差不多非过去打她两个嘴巴才解气！老辛笑着过来了：

"老方打算省钱不行呀！人家老太婆不肯要你这黄脸鬼！还是听我的去找旅馆！"

老方没言语，看了老辛一眼；跟着老辛去找旅馆。老舍在后面随着，一步一个哈欠，恨不能躺在街上就睡！

找着了旅馆，价钱贵一点，可是收中国人就算不错。老辛放下小箱就出去了，老方雇了一辆汽车去上大学，老舍躺在屋里就睡。

老辛老方都回来了，把老舍推醒了，商议到哪里去玩。老辛打算先到海岸去，老方想先到查得去看古洞里的玉笋钟乳和别的与科学有关的东西。老舍没主意，还是一劲儿说澼。

"你看，"老辛说："先到海岸去洗个澡，然后回来逛不离死兔附近的地方，逛完吃饭，吃完一睡——"

"对！"老舍听见这个"睡"字高兴多了。

"明天再到查得去不好么？"老辛接着说，眼睛一闭一闪的看着老方。

"海岸上有什么可看的!"老方发了言:"一片沙子,一片水,一群姑娘露着腿逗弄人,还有什么?"

"古洞有什么可看,"老辛提出抗议:"一片石头,一群人在黑洞里鬼头鬼脑的乱撞!"

"洞里的石笋最小的还要四千年才能结成,你懂得什么——"

老辛没等老方说完,就插嘴:

"海岸上的姑娘最老的也不过二十五岁,你懂得什么——"

"古洞里可以看地层的——"

"海岸上可以吸新鲜空气——"

"古洞里可以——"

"海岸上可以——"

两个人越说越乱,谁也不听谁的,谁也听不见谁的。嚷了一阵,两个全向着老舍来了:

"你说,听你的!别再耽误工夫!"

老舍一看老辛的眼睛,心里说:要是不赞成上海岸,他非把我活埋了不可!又一看老方的神气:哼,不跟着他上古洞,今儿个晚上非叫他给解剖了不可!他揉了揉眼睛说：

"你们所争执的不过是时间先后的问题——"

"外交家所要争的就是'先后'！"老辛说。

"时间与空间——"

老舍没等老方把时间与空间的定义说出来，赶紧说：

"这么着，先到外面去看一看，有到海岸去的车呢，便先上海岸；有到查得的车呢，便先到古洞去。我没一定的主张，而且去不去不要紧；你们要是分头去也好，我一个人在这里睡一觉，比什么都平安！"

"你出来就为睡觉吗？"老辛问。

"睡多了于身体有害！"老方说。

"到底怎么办？"老舍问。

"出去看有车没有吧！"老辛拿定了主意。

"是火车还是汽车？"老方问。

"不拘。"老舍回答。

三个人先到了火车站，到海岸的车刚开走了，还有两次车，可都是下午四点以后的。于是又跑到汽车站，到查得的汽车票全卖完了，有一家还有几张票，一看是三个中国人成心不卖给他们。

"怎么办？"老方问。

老辛没言语。

"回去睡觉哇！"老舍笑了。

原载1929年3月《留英学报》第三期

讨　论

日本兵到了，向来不肯和仆人讲话的阔人，也改变得谦卑和蔼了许多，逃命是何等重要的事，没有仆人的帮助，这命怎能逃得成。在这种情形之下，王老爷向李福说了话：

"李福，厅里的汽车还叫得来吗？"王老爷是财政厅厅长，因为时局不靖，好几天没到厅里去了；可是在最后到厅的那天，把半年的薪水预支了来。

"外边的车大概不能进租界了。"李福说。

"出去总可以吧？向汽车行叫一辆好了。"王老爷急于逃命，只得牺牲了公家的自用汽车。

"铺子已然全关了门。"李福说。

"但是，"王老爷思索了半天才说。"但是，无论如何，我们得离开这日租界；等会儿，大兵到了，想走也走不开了！"

李福没作声。

王老爷又思索了会儿，有些无聊，还叹了口气：

"都是太太任性，非搬到日租界来不可；假如现在还在法界住，那用着这个急！怎办？"

"老爷，日本兵不是要占全城吗？那么，各处就都变成日租界了，搬家不是白费——"

"不会搬到北平去呀？你——"王老爷没好意思骂出来。

"打下天津，就是北平，北平又怎那么可靠呢？"李福说，样子还很规矩，可是口气有点轻慢。

王老爷张了张嘴，没说什么。待了半天：

"那么，咱们等死？在这儿坐着等死？"

"谁愿意大睁白眼的等死呢？"李福微微一笑，"有主意！"

"有主意还不快说，你笑什么？你——"王老爷又压住自己的脾气。

"庚子那年，我还小呢——"

"先别又提你那个庚子！"

"厅长，别忙呀！"李福忽然用了"厅长"的称呼，好像是故意的耍笑。

"庚子那年，八国联军占了北平，我爸爸就一点也
不怕，他本是义和团，听说洋兵进了城，他'拍'的一
下，不干了，去给日本兵当——当——"

"当向导。"

"对，向导！带着他们各处去抢好东西！"

"亡国奴！"王老爷说。

"亡国奴不亡国奴的，我这是好意，给老爷出个小
主意，就凭老爷这点学问身分，到日本衙门去投效，准
行！你瞧，我爸爸不过是个粗人，还能随机应变；你
这一肚儿墨水，不比我爸爸强？反正老爷在前清也作
官——我跟着老爷，快三十年了，是不是？——在袁总
统的时候也作官——那时候老爷的官运比现在强，我记
得——现在，你还作官；这可就该这么说了：反正是作
官，为什么不可以作个日本官？老爷有官作呢，李福也
跟着吃碗饱饭，是不是？"

"胡说！我不能卖国！"王老爷有点发怒了。

"老爷，你要这么说呢，李福也有个办法。"

王老爷点了点头，是叫李福往下说的意思。

"老爷既不作卖国贼；要作个忠臣，就不应当在家里
坐着，应当到厅里去看着那颗印。《苏武牧羊》，《托

兆碰碑》,《宁武关》,那都是忠臣,李福全听过。老爷愿意这么办,我破出这条狗命去陪着老爷!上行下效,有这么一句话没有?唱红脸的,还是唱白脸的,总得占一面,我听老爷的!"

"太太不叫我出去!"王老爷说:"我也没工夫听你这一套废话!"

李福退了两步,低头想了会儿:

"要不然,老爷,这么办:庚子那年,八国联军刚进了齐化门,日本打前敌,老爷。我爸爸一听日本兵进了城,就给全胡同的人们出了主意。他叫他们在门口高悬日本旗;一块白布,当中用胭脂涂个大红蛋,很容易。挂上以后,果然日本兵把别的胡同全抢了,就是没抢我们那条——羊尾巴胡同。现在,咱们跑是不容易了。日本兵到了呢,不杀也得抢;不如挂上顺民旗,先挡一阵!"

"别说了,别说了!你要把我气死!亡国奴!"

李福看老爷生了气,怪扫兴的要往外走。

"李福!"太太由楼上下来,她已听见了他们的讨论。"李福,去找块白布,镜盒里有胭脂。"

王老爷看了太太一眼,刚要说话,只听:

"唿！"一声大炮。

"李福，去找块白布，快！"王老爷喊。

原载1931年11月《齐大月刊》第二卷第二期

狗之晨

东方既明，宇宙正在微笑，玫瑰的光吻红了东边的云。大黑在窝里伸了伸腿；似乎想起一件事，啊，也许是刚才作的那个梦；谁知道，好吧，再睡。门外有点脚步声！耳朵竖起，像雨后的两枝慈姑叶；嘴，可是，还舍不得项下那片暖，柔，有味的毛。眼睛睁开半个。听出来了，又是那个巡警，因为脚步特别笨重，闻过他的皮鞋，马粪味很大；大黑把耳朵落下去，似乎以为巡警是没有什么趣味的东西。但是，脚步到底是脚步声，还得听听；啊，走远了。算了吧，再睡。把嘴更往深里顶了顶，稍微一睁眼，只能看见自己的毛。

刚要一迷糊，哪来的一声猫叫？头马上便抬起来。在墙头上呢，一定。可是并没看到；纳闷：是那个黑白花的呢，还是那个狸子皮的？想起那狸子皮的，心中似乎不大起劲；狸子皮的抓破过大黑的鼻子；不光荣的事，少想为妙。还是那个黑白花的吧，那天不是大黑几乎把黑白花的堵在墙角么？这么一想，喉咙立刻痒了一下，向空中叫了两声。

"安顿着，大黑！"屋中老太太这么喊。

大黑翻了翻眼珠，老太太总是不许大黑咬猫！可是不敢再作声，并且向屋子那边摇了摇尾巴。什么话呢，天天那盆热气腾腾的食是谁给大黑端来？老太太！即使她的意见不对也不能得罪她，什么话呢，大黑的灵魂是在她手里拿着呢。她不准大黑叫，大黑当然不再叫。假如不服从她，而她三天不给端那热腾腾的食来？大黑不敢再往下想了。

似乎受了刺激，再也睡不着；咬咬自己的尾巴，大概是有个狗蝇，讨厌的东西！窝里似乎不易找到尾巴，出去。在院里绕着圆圈找自己的尾巴，刚咬住，"不棱"，又被（谁？）夺了走，再绕着圈捉。有趣，不觉得嗓子里哼出些音调。

"大黑！"

老太太真爱管闲事啊！好吧，夹起尾巴，到门洞去看看。坐在门洞，顺着门缝往外看，喝，四眼已经出来遛早了！四眼是老朋友：那天要不幸亏是四眼，大黑一定要输给二青的！二青那小子，处处是大黑的仇敌：抢骨头，闹恋爱，处处他和大黑过不去！假如那天他咬住大黑的耳朵？十分感激四眼！"四眼！"热情地叫着。四眼正在墙根找到包箱似的方便所在，刚要抬腿；"大黑，快来，到大院去跑一回？"

大黑焉有不同意之理，可是，门，门还关着呢！叫几声试试，也许老头就来开门。叫了几声，没用。再试试两爪，在门上抓了一回，门纹丝没动！

眼看着四眼独自向大院跑去！大黑真急了，向墙头叫了几声，虽然明知道自己没有上墙的本领。再向门外看看，四眼已经没影了。可是门外走着个叫化子，大黑借此为题，拚命的咬起来。大黑要是有个缺点，那就是好欺侮苦人。见汽车快躲，见穷人紧追，大黑几乎由习惯中形成这么两句格言。叫化子也没影了，大黑想象着狂咬一番，不如是好像不足以表示出自己的尊严，好在想象是不费什么实力的。

大概老头快来开门了，大黑猜摸着。这么一想，赶紧跑到后院去，以免大清早晨的就挨一顿骂。果然，刚到后院，就听见老头儿去开街门。大黑心中暗笑，觉得自己的智慧足以使生命十分有趣而平安。

等到老头又回到屋中，大黑轻轻的顺着墙根溜出去。出了街门，抖了抖身上的毛，向空中闻了闻，觉得精神十分焕发。然后又伸了个懒腰，就手儿在地上磨了磨脚指甲，后腿蹬起许多的土，沙沙的打在墙上，非常得意。在门前蹲坐起来，耳朵立着，坐着比站着身量高，加上两个竖立的耳朵，觉得自己很伟大而重要。

　　刚这么坐好，黄子由东边来了。黄子是这条胡同里的贵族，身量大，嘴是方的，叫的声音瓮声瓮气。大黑的耳朵渐渐往下落，心里嘀咕：还是坐着不动好呢，还是向黄子摆摆尾巴好呢，还是以进为退假装怒叫两声呢？他知道黄子的厉害，同时，又要顾及自己的尊严。他微微的回了回头，呕，没关系，坐在自己家门口还有什么危险？耳朵又微微的往上立，可是其余的地方都没敢动。

　　黄子过来了！在离大黑不远的一个墙角闻了闻，好像并没注意大黑。大黑心中同时对自己下了两道命令："跑！""别动！"

　　黄子又往前凑了凑，几乎是要挨着大黑了。大黑的胸部有些颤动。可是黄子还好似没看见大黑，昂然走过去。他远了，大黑开始觉得不是味道：为什么不乘着黄子没防备好而扑过去咬他一口？十分的可耻，那样的怕黄子。大黑越想越看不起自己。为发泄心中的怒气，开始向空中瞎叫。继而一想，万一把黄子叫回来呢？登时立起来，向东走去，这样便不会和黄子走个两碰头。

大黑不像黄子那样在道路当中卷起尾巴走。而是夹着尾巴顺墙根往前溜；这样，如遇上危险，至少屁股可以拿墙作后盾，减少后方的防务。在这里就可以看出大黑并不"大"；大黑的"大"和小花的"小"，都不许十分叫真的。可是他极重视这个"大"字，特别和他主人在一块的时候，主人一喊"大"黑，他便觉得自己至少有骆驼那么大，跟谁也敢拚一拚。就是主人不在眼前的时候，他也不敢承认自己是小。因为连不敢这么承认还不肯卷起尾巴走路呢；设若根本的自认渺小，那还敢出来走走吗。"大"字是他的主心骨。"大"字使他对小哈巴狗，瘦猫，叫花子，敢张口就咬；"大"字使他有时候对大狗——像黄子之类的——也敢露一露牙，和嗓子眼里细叫几声；而且主人在跟前的时候"大"字使他甚至于敢和黄子干一仗，虽明知必败，而不得不这样牺牲。狗的世界是不和平的，大黑专仗着这个"大"字去欺软怕硬的享受生命。

大黑的长象也不漂亮，而最足自馁的是没有黄子那样的一张方嘴。狗的女性们，把吻永远白送给方嘴；大黑的小尖嘴，猛看像个子粒不足的"老鸡头"，就是把舌头伸出多长，她们连向他笑一下都觉得有失尊严。这个，大黑在自思自叹的时候，不能不归罪于他的父母。虽然老太太常说，大黑的父亲是饭庄子的那个小驴似的老黑，他十分怀疑这个说法。况且谁是他的母亲？没人知道！大黑没有可靠的家谱作证，所以连和四眼谈话的时候，也不提家事；大黑十分伤心。更不敢照镜子；地上有汪水，他都躲开。对于大黑，顾影是不能引起自怜的。那条尾巴！细，软，毛儿不多，偏偏很长，就是卷起来也不威武，况且卷着还很费事；老得夹着！

大黑到了大院。四眼并没在那里。大黑赶紧往四下看看，好在二青什么的全没在那里，心里安定了些。由走改为小跑，觉得痛快。好像二青也算不了什么，而且有和二青再打一架的必要。再和二青打的时候，顶好是咬住他一个地方，死不撒嘴，这样必能致胜。打倒了二青，再联络四眼战败黄子，大黑便可以称雄了。

远处有吠声，好几个狗一同叫呢。细听，有她的声音！她，小花！大黑向她伸过多少回舌头，摆过多少回尾巴；可是她，她连正眼瞧大黑一眼也不瞧！不是她的过错；战败二青和黄子，她自然会爱大黑的。大黑决定去看看，谁和小花一块唱恋歌呢。快跑。别，跑太快了，和黄子碰个头，可不得了；谨慎一些好。四六步的跑。

看见了：小花，喝，围着七八个，哪个也比大黑个子大，声音高！无望！不便于过去。可是四眼也在那边呢；四眼敢，大黑为何不敢？可是，四眼也个子不小哇，至少四眼的尾巴卷得有个样儿。有点恨四眼，虽然是好朋友。

大黑叫开了。虽然不敢过去，可是在远处示威总比那一天到晚闷在家里的小哈巴狗强多了。那边还有个小板凳狗，安然的在家门口坐着，连叫也不敢叫；大黑的身分增高了很多，凡事就怕比较。

那群大狗打起来了。打得真厉害，啊，四眼倒在底下了。哎呀四眼；呕，活该；到底他已闻了小花一鼻子。大黑的嫉妒把友谊完全忘了。看，四眼又起来了，扑过小花去了，大黑的心差点跳出来了，自己号着转了个圆圈。啊，好！小花极骄慢的躲开四眼。好，小花，大黑痛快极了。

那群大狗打过这边来了，大黑一边看着一边退步，心里说：别叫四眼看见，假如一被看见，他求我帮忙，可就不好办了。往后退，眼睛呆看着小花，她今天特别的骄傲，好看。大黑恨自己！退得离小板凳狗不远了，唉，拿个小东西杀杀气吧！闻了小板凳一下，小板凳跳起来，善意的向大黑腿部一扑，似乎是要和大黑玩耍玩耍。大黑更生气了：谁和你个小东西玩呢？牙露出来，耳朵也立起来示威。小板凳真不知趣：轻轻抓了地几下，腰儿塌着，尾巴卷着直摆。大黑知道这个小东西是不怕他，嘴张开了，预备咬小东西的脖子。正在这个当儿，大狗们跑过来了。小板凳看着他们，小嘴儿撅着巴巴的叫起来，毫无惧意。大黑转过身来，几乎碰着黄子的哥哥，比黄子还大，鼻子上一大道白，这白鼻梁看着就可怕！大黑深恐小板凳的吠声引起他们的注意，而把大黑给围在当中。可是他们只顾追着小花，一群野马似的跑了过去，似乎谁也没有看到大黑。大黑的耻辱算是到了家，他还不如小板凳硬气呢！

似乎得设法叫小板凳看出大黑是和那群大狗为伍的：好吧，向前赶了两步，轻轻的叫了两声，瞭了小板凳一眼，似乎是说：你看，我也是小花的情人；你，小板凳，只配在这儿坐着。

风也似的，小花在前，他们在后紧随，又回来了！躲是来不及了，大黑的左右都是方嘴——都大得出奇！他们全身没有一根毛能舒坦的贴着肉皮了，全离心离骨的立起来。他的腿好像抽出了骨头，只剩下些皮和筋，而还要立着！他的尖嘴向四围纵纵着，只露出一对大牙。他的尾巴似乎要挤进肚皮里去。他的腰躬着，可是这样缩短，还掩不住两旁的筋骨。小花，好像是故意的，挤了他一下。他一点也不觉得舒服，急忙往后退。后腿碰着四眼的头。四眼并没招呼他。

一阵风似的，他们又跑远了。大黑哆嗦着把牙收回嘴中去，把腰平伸了伸，开始往家跑。后面小板凳追上来，一劲巴巴的叫。大黑回头龇了龇牙：干吗呀，你！似乎是说。

回到家中，看了看盆里，老太太还没把食端来。倒在台阶上，舐着腿上的毛。

"一边去！好狗不挡道，单在台阶上趴着！"老太太喊。

翻了翻白眼，到墙根去卧着。心中安定了，开始设想：假如方才不害怕，他们也未必把我怎样了吧！后悔：小花挤了我一下，假使乘那个机会……决定不行，

决定不行！那个小板凳！焉知小板凳不是个女性呢，意
自忘了看！谁和小板凳讲交情呢！

门外有人拍门。大黑立刻精神起来，等着老太太叫
大黑。

"大黑！"

大黑立刻叫起来，往下扑着叫，觉得自己十二分的
重要威严。老太太去看门，大黑跟着，拚命的叫。

送信的。大黑在老太太脚前扑着往外咬。邮差安然不
动。老太太踢了大黑一腿："怎这么讨厌，一边去！"

大黑不敢再叫，随着老太太进来，依旧卧在墙根。
肚中发空，眼瞭着食盆，把一切都忘了，好像大黑的生
命存在与否只看那个黑盆里冒热气不冒！

原载1933年1月24日至2月2日天津

《益世报·语林》第98—103期

记懒人

一间小屋，墙角长着些兔儿草，床上卧着懒人。他姓什么？或者因为懒得说，连他自己也记不清了。大家只呼他为懒人，他也懒得否认。

在我的经验中，他是世上第一个懒人，因此我对他很注意：能上"无双谱"的总该是有价值的。

幸而人人有个弱点，不然我便无法与他来往；他的弱点是喜欢喝一盅。虽然他并不因爱酒而有任何行动，可是我给他送酒去，他也不坚持到底的不张开嘴。更可喜的是三杯下去，他能暂时的破戒——和我说话。我还能舍不得几瓶酒么？所以我成了他的好友。自然我须把酒杯满上，送到他的唇边，他才肯饮。为引诱他讲话，我能不殷勤些？况且过了三杯，我只须把酒瓶放在他的手下，他自己便会斟满的。

他的话有些，假如不都是，很奇怪可喜的。而且极其天真，因为他的脑子是懒于搜集任何书籍上的与旁人制造的话的。他没有常识，因此他不讨厌。他确是个宝贝，在这可厌的社会中。

据他说，他是自幼便很懒的。他不记得他的父亲是黄脸膛还是白净无须；他三岁的时候，他的父亲死去；他懒得问妈妈关于爸爸的事。他是妈妈的儿子，因为她也是懒得很有个样儿。旁的妇女是孕后九或十个月就生产。懒人的妈妈怀了他一年半，因为懒得生产。他的生日，没人晓得；妈妈是第一个忘记了它，他自然想不起问。

他的妈妈后来也死了，他不记得怎样将她埋葬。可是，他还记得妈妈的面貌。妈妈，虽在懒人的心中，也难免被想念着；懒人借着酒力叹了一口十年未曾叹过的气；泪是终于懒得落的。

他入过学。懒得记忆一切，可是他不能忘记许多小四方块的字，因为学校里的人，自校长至学生，没有一个不像活猴儿，终日跳动；所以他不能不去看那些小四方块，以得些安慰。最可怕的记忆便是"学生"。他想不出为何他的懒妈将他送入学校去，或者因为他入了学，她可以多心静一些？苦痛往往逼迫着人去记忆。他记得"学生"——一群推他打他挤他踢他骂他笑他的活猴子。他是一块木头。被猴子们向四边推滚。他似乎也毕过业，但是懒得去领文凭。

"老子的心中到底有个'无为'萦绕着，我连个针尖大的理想也没有。"他已饮了半瓶白酒，闭着眼说。

"人类的纷争都是出于好事好动；假如人都变成桂树或梅花，世上当怎样的芬香静美？"我故意诱他说话。

他似乎没有听见，或是故意懒得听别人的意见。

我决定了下次再来，须带白兰地；普通的白酒还不够打开他的说话机关的。

白兰地果然有效，他居然坐起来了。往常他向我致敬只是闭着眼，稍微动一动眉毛。然后，我把酒递到他的唇边，酒过三杯，他开始讲话，可是始终是躺在床上不起来。酒喝足了，在我告辞之际，他才肯指一指酒瓶，意思是叫我将它挪开；有的时候他连指指酒瓶都觉得是多事。

白兰地得着了空前的胜利，他坐起来了！我的惊异就好似看见了死人复活。我要盘问他了。

"朋友，"我的声音有点发颤，大概因为是有惊有喜，"朋友，在过去的经验中，你可曾不懒过一天或一回没有呢？"

"天下有多少事能叫人不懒一整天呢？"他的舌头有点僵硬。我心中更喜欢了：被酒激硬的舌头是最喜欢运动的。

"那么，不懒过一回没有呢？"

他没当时回答我。我看得出，他是搜寻他的记忆呢。他的脸上有点很近于笑的表示——这不过是我的猜测，我没见过他怎样笑。过了好久，他点了点头，又喝下一杯酒，慢慢的说：

"有过一次。许久许久以前的事了。设若我今年是四十岁——没心留意自己的岁数——那必是我二十来岁的事了。"

他又停顿住了。我非常的怕他不再往下说，可是也不敢促迫他；我等着，听得见我自己的心跳。

"你说，什么事足以使懒人不懒一次。"他猛孤丁的问了我一句。

我一时找不到相当的答案；不知道是怎么想起来的，我这么答对了他：

"爱情，爱情能使人不懒。"

"你是个聪明人！"他说。

我也吞了一大口白兰地，我的心几乎要跳出来。

他的眼合成一道缝，好像看着心中正在构成着的一张图画。然后像自己念道："想起来了！"

我连大气也不敢出的等着。

"一株海棠树，"他大概是形容他心里哪张画，"第一次见着她，便是在海棠树下。开满了花，像蓝天下的一大团雪，围着金黄的蜜蜂。我与她便躺在树下，脸朝着海棠花，时时有小鸟踏下些花片，像些雪花，落在我们的脸上，她，那时节，也就是十几岁吧，我或者比她大一些。她是妈妈的娘家的；不晓得怎样称呼她，懒得问。我们躺了多少时候？我不记得。只记得那是最快活的一天：听着蜂声，闭着眼用脸承接着花片，花荫下见不着阳光，可是春气吹拂着全身，安适而温暖。我们俩就像埋在春光中的一对爱人，最好能永远不动，直到宇宙崩毁的时候。她是我理想中的人儿。她和妈妈相似——爱情在静里享受。别的女子们，见了花便折，见了镜子就照，使人心慌意乱。她能领略花木样的恋爱；我是讨厌蜜蜂的，终日瞎忙。可是在那一天，蜜蜂确是不错，它们的嗡嗡使我半睡半醒，半死半生；在生死之间我得到完全的恬静与快乐。这个快乐是一睁开眼便会失去的。"

他停顿了一会儿，又喝了半杯酒。他的话来得流畅轻快了："海棠花开残，她不见了。大概是回了家，大概是。临走的那一天，我与她在海棠树下——花开已残，一树的油绿叶儿，小绿海棠果顶着些黄须——彼此看着脸上的红潮起落，不知起落了多少次。我们都懒得说话。眼睛交谈了一切。"

"她不见了，"他说得更快了。"自然懒得去打听，更提不到去找她。想她的时候，我便在海棠树下静卧一天。第二年花开的时候，她没有来，花一点也不似去年那么美了，蜂声更讨厌。"

这回他是对着瓶口灌了一气。

"又看见她了，已长成了个大姑娘。但是，但是，"他的眼似乎不得力的眨了几下，微微有点发湿，"她变了。她一来到，我便觉出她太活泼了。她的话也很多，几乎不给我留个追想旧时她怎样静美的机会了。到了晚间，她偷偷的约我在海棠树下相见。我是日落后向不轻动一步的，可是我答应了她；爱情使人能不懒了，你是个聪明人。我不该赴约，可是我去了。她在树下等着我呢。'你还是这么懒？'这是她的第一句话，我没言语。'你记得前几年，咱们在这花下？'她又问，我点了点头——出于不得已。'唉！'她叹了一口气，'假如你也能不懒了；你看我！'我没说话。'其实你也可以不懒的；假如你真是懒得到家，为什么你来见我？你可以不懒！咱们——'她没往下说，我始终没开口，她落了泪，走开。我便在海棠下睡了一夜，懒得再动。她又走了。不久听说她出嫁了。不久，听说她被丈夫给虐待死了。懒是不利于爱情的。但是，她，她因不懒而丧了一朵花似的生命！假如我听她的话改为勤谨，也许能保全了她，可也许丧掉我的命。假如她始终不改懒的习惯，也许我们到现在还是同卧在海棠花下，虽然未必是活着，可是同卧在一处便是活着，永远的活着。只有成双作对才算爱，爱不会死！"

"到如今你还想念着她？"我问。

"哼，那就是那次破了懒戒的惩罚！一次不懒，终身受罪；我还不算个最懒的人。"他又卧在床上。

我将酒瓶挪开。他又说了话：

"假如我死去——虽然很懒得死——请把我埋在海棠花下，不必费事买棺材。我懒得理想，可是既提起这件事，我似乎应当永远卧在海棠花下——受着永远的惩罚！"

过了些日子，我果然将他埋葬了。在上边临时种了一株海棠；有海棠树的人家没有允许我埋人的。

原载1933年3月15至17日天津

《益世报·语林》第144—146期

不远千里而来

听说榆关失守，王先生马上想结婚。在何处举行婚礼好呢。天津和北平自然不是吉地，香港又嫌太远。况且还没找到爱人。最好是先找爱人。不过这也有地方的问题在内：在哪里找呢？在兵荒马乱的地方虽然容易找到女人，可是婚姻又非"拍拍脑袋算一个"的事。还是得到歌舞升平的地方去。于是王先生便离开北平；一点也不是怕日本鬼子。

王先生买不到车票；东西两站的人就像上帝刚在站台上把他们造好似的，谁也不认识别处，只有站台和火车是圣地，大家全钉在那里。由东站走，还是由西站走，王先生倒不在乎；他始终就没有定好目的地：上哪里去都是一样，只要躲开北平就好——谁要怕日本谁是牛，不过，万一真叫王先生受点险，谁去结婚？东站也好，西站也好，反正得走。买着票也走，买不着票也走，一走便是上吉。

王先生急中生智，到了行李房，要把自己打行李票：人而当行李，自然可以不必买车票了。行李房却偏偏不收带着腿的行李！无论怎说也不行；王先生只能骂行李房的人没理性，别无办法。

有志者事竟成，王先生并不是没志的废物点心。他由正阳门坐上电车，上了西直门。在那里一打听，原来西直门的车站是平绥路的。王先生很喜欢自己长了经验，而且深信了时势造英雄的话。假如不是亲身到了西直门，他怎能知道火车是有固定的路线，而不是随意溜达着玩的？可是，北方一带全不是吉地，这条路是走不得的。这未免使他有点不痛快。上哪儿去呢？不，还不是上哪里去的问题，而是哪里有火车坐呢？还是得上东站或西站，假如火车永远不开，也便罢了；只要它开，王先生就有走开的可能。买了些水果，点心，烧酒，决定到车站去长期等车："小子，咱老王和你闭了眼啦，非走不可！就是坐烟筒也得走！"王先生对火车发了誓。

又回到东站，因为东站看着比西站体面些；预备作新郎的人，事事总得要个体面。等了五小时，连站台的门也没挤进去！王先生虽然着急，可是头脑依然清楚：

"只要等着，必有办法；况且即使在等着的时节，日本兵动了手，到底离着车站近的比较的有逃开的希望。好比说吧，枪一响，开火车的还不马上开车就跑？那么，老王你也便能跳上车去一齐跑，根本无须买票。一跑，跑到天津，开车的一直把火车开到英租界大旅社的前面；跳下来，拍！进了旅馆；喝点咖啡，擦擦脸，车又开了，一开开到南京，或是上海；"今夜晚前后厅灯光明亮——"王先生唱开了"二簧"。

又等了三点钟，王先生把所知道的二簧戏全唱完，还是没有挤进站台的希望。人是越来越多，把王先生拿着的苹果居然挤碎了一个。可是人越多，王先生的心里越高兴，一来是因为人多胆大，就是等到半夜去，也不至于怕鬼。二来是人多了即使掉下炸弹来，也不能只炸死他一个；大家都炸得粉碎，就是往阴曹地府走着也不寂寞。三来是后来的越多，王先生便越减少些关切；自己要是着急，那后来的当怎么着呢，还不该急死？所以他越看后方万头攒动，他越觉得没有着急的必要。可是他不愿丢失了自己已得到的优越，有人想把他挤到后面去，王先生可是毫不客气的抵抗。他的胳臂肘始终没闲着，有往前挤的，他便是一肘，肋骨上是好地方；胸口上便差一点，因为胸口上肘得过猛便有吐血的危险，王先生还不愿那么霸道，国难期间使同胞吐了血，不好意思；肋骨上是好地方；王先生的肘都运用得很正确。

车开走了一列。王先生更精神了。有一列开走，他便多一些希望；下列还不该他走吗？即使下列还不行，第三列总该轮到他了，大有希望。忍耐是美德，王先生正体行这个美德；在车站睡上三夜两夜的也不算什么。

旁边一位先生把一口痰吐在王先生的鞋上。王先生并没介意，首要的原因是四围挤得太紧，打架是无从打起，于是连骂也都不必。照准了那位先生的衣襟回敬了一口，心中倒还满意。

天是黑了。问谁，都说没有夜车。可是明天白昼的车若不连夜等下去便是前功尽弃。好在等通夜的大有人在，王先生决定省一夜的旅馆费。况且四围还有女性呢，女人可以不走，男人要是退缩，岂不被女流耻笑！王先生极勇敢的下了决心。牺牲一切，奋斗到底！他自己喊着口号。

一夜无话，因为冻了个半死。苦处不小，可是为身为国还说不上不受点苦。自然人家有势力的人，可以免受这种苦，可是命是不一样的，有坐车的就得有拉车的；都是拉车的，没有坐车的，拉谁？有势力的先跑，有钱的次跑，没钱没势的不跑等死。王先生究竟还不是等死之流，就得知足。受点苦还要抱怨么？火车分头二三等，人也是如此。就是别叫日本鬼子捉住，好，捉了去叫我拉火车，可受不了！一夜虽然无话，思想照常精密；况且有瓶烧酒，脑子更受了些诗意的刺激。

第二天早晨，据旁人说，今天不一定有车。王先生拿定主意，有车无车给它个死不动窝。焉知不是诈语！王先生的精明不是诈语所能欺得过的。一动也不动；一半也是因为腿有点发麻。

绝了粮，活该卖馒头的发点财，一毛钱两个。贵也得吃，该发财的就发财，该破财的就破财，胳臂拧不过大腿去，不用固执。买馒头。卖馒头的得踩着人头才能递给他馒头，也不容易；连不买馒头的也不容易，大家不容易，彼此彼此，共赴国难。卖馒头的发注小财，等日本人再抢去，也总得算报应，可也替他想不出好办法：自己要是有馒头卖，还许一毛钱"一"个呢？话是两说着。就连日本鬼子也不是坏人，逼到这儿了，没法子不欺侮中国人；日本妓女也接中国客，并没有帝国主义。她们还比国货干净些。

一直等到四点，居然平浦特别快车可以开。王先生反觉得事情不应当这么顺利；才等了一天一夜！可是既然能走了，也就不便再等。

上哪儿去呢？

上海也并不妥当，古时候不是十九路军在上海打过法国鬼子吗？虽然打得鬼子跪下央告"中国爷爷"，可是到底飞机扔开花弹，炸死了不少稻香村的伙计，人肠子和腊肠一齐飞上了天！上海要是不可靠，南京便更不要提，南京没有租界地呀！江西有共产党：躲一枪，挨一刀，那才犯不上！

前边那位买济南府，二等。好吧，就是济南府好了。济南惨案不知道闹着没有？到了再说，看事情不好再往南跑，好主意。

买了二等票，可是得坐三等车，国难期间，车降一等。还不对，是这么着：不买票的——自然是有势力的——坐头等。买头等的坐二等。买二等的坐三等。买三等的拿着票地上走，假如他愿意运动运动的话；如若不愿意运动呢，可以拿着车票回去住两天，过两天再另买票来。王先生非常得意，因为神差鬼使买了二等票；坐三等无论怎说是比地上走强的。

　　车上已经挤死了两位；谁也不敢再坐下，只要一坐下就不用想再立起来，专等着坐化。王先生根本就没想坐下。他的地方也不错，正在车当中，车一歪，靠窗的人全把头碰在车板上，而他只把头碰在人们的身上。他前后的客人也安排得恰当——老天爷安排的，当然是——前面的那位身量很小，王先生的下巴正好放在那位的头上休息一下。后面的那位身体很胖，正好给王先生作个围椅，而且极有火力。王先生要净一净鼻子，手当然没法提上来，只须把前面客人的头当炮架子，用力一激，两筒火山的岩汁就会喷出，虽喷出不很远，可是落在人家的脊背上。王先生非常的满意。

　　车到了天津，没有一位敢下车活动活动的，而异口同声的骂："怎么还不开车？王八旦的！"天津这个地名听着都可怕，何况身临其境，而且要停一点多钟。大家都不敢下车，连站台上都不敢偷看一眼；万一站台上有个日本小鬼，和你对了眼光，不死也得大病一场！由总站开老站，由老站开总站，你看这个麻烦劲！等雷呢！大家是没见着站长，若是见着，一人一句也得把他骂死了。"《大公报》来——""新小说——"真有不怕死的，还敢在这儿卖东西；早晚是叫炸弹炸个粉碎！

不知死的鬼！

等了一个多世纪，车居然会开了。大家仍然连大气不敢出，直等到天津的灯光完全不见了，才开始呼吸，好像是已离开了鬼门关，下一站便是天堂。到了沧州，大家的腿已变成了木头棍，可是心中增加了喜气。王先生的二簧又开了台。天亮以前到了德州，大家决定下去买烧鸡，火烧，鸡子，开水；命已保住，还能不给它点养料？

王先生不能落后，打着交手仗，练着美国足球，耍着大洪拳，开开一条血路，直奔烧鸡而去。王先生奔过去，别人也奔过去，卖鸡的就是再长一双手也伺候不过来。杀声震耳，慷慨激昂，不吃烧鸡，何以为人？王先生"抢"了一只，不抢便永无到手之日。抢过来便啃，哎呀，美味，德州的烧鸡，特别在天还未亮之际，真有些野意！要不怎么说，国家也不应当永远平平安安的；国家平安到哪儿去找这种野意，守站的巡警与兵们急了，因为一个卖烧饼的小儿被大家给扯碎了，买了烧饼还饶着卖烧饼小儿一只手，或一个耳朵。卖烧饼小儿未免死得惨一些，可是从另一方面说，大家的热烈足证人心未死。巡警们急了，抢开了十三节钢鞭，大打而特打，打得大家心中痛快，头上发烧，口中微笑。巡警不打人，要巡警干什么？大家不挨打，谁挨打？难道日本人来挨打？打吧，反正烧鸡不到手，誓不退缩。前进；王先生是鸡已入肚一半，不便再去冲锋，虽然只挨了一鞭，不大过瘾，可是打要大家分挨，未便一人包办，于是得胜回车。

车是上不去了。车门就有五十多位把着。出来的时候是由内而外，比较的容易。现在是由外而内，就是把前层的挤退一步，里边便更堵得结实，不亚如铜墙铁壁，焉能挤得进去，况且手内还拿着半只烧鸡，一伸手，哨，丢了一口鸡身，未入车而鸡先失去一口，大不上算。王先生有点着急。

到底是中华的人民，黄帝的子孙，凡事有个办法。听，有人宣言："来呀把谁从车窗塞进去？一块钱！"王先生的脑子真快，应声而出："六毛，干不干？""八角大洋，少了不干！""来吧，"连半只烧鸡带王先生全进了窗门，很有趣味，可宝贵的经验：最好是头在内而脚仍悬在外边的时节，身如春燕，矫健轻灵。最后一个鲤鱼打挺，翩然而下，头碰了个大包。八毛钱付过，王先生含笑不言，专等开车。有四十多位没能上来，虽然可以在站台上饱食烧鸡，究竟不如王先生的既食且走，一群笨蛋！

太阳出来，济南就在眼前，十分高兴。过黄河铁桥，居然看见铁桥真是铁的。一展眼到了济南站，急忙下车，越挤越忙，以便凑个热闹，不冤不乐。挤出火车，举目观看，确是济南，白牌上有大黑字为证；仍怕不准，又细看了一番，几面白牌均题同样地名，缓步上了天桥；既然不拥挤，故须安走勿慌，直到听见收票员高喊："妈的快走！"才想起向身上各处搜找车票。

出了车站，想起婚姻大事。可是家中还有个老婆，不免先写封平安家信，然后再去寻找爱人。一路上低吟："爱人在哪里？爱人在哪里？"亦自有腔有韵。

下了旅馆，写了平安家信，吃了汤面；想起看报。北平还未被炸，心中十分失望。睡了一觉，出去寻求爱人。

原载1933年5月1日《论语》第十六期

辞　工

　　您是没见过老田，万幸，他能无缘无故的把人气死。就拿昨天说吧。昨天是星期六，照例他休息半天。吃过了午饭，刷刷的下起雨来。老田进来了："先生，打算跟您请长假！"为什么呢？"您看，今天该我歇半天，偏偏下雨！"

　　"我没叫谁下雨呀！"我说。

　　"可是您叫我星期六休息，"他说。

　　"今天出不去，不会明天再补上吗？"我说。

　　"今天是今天，明天是明天，今天我怎么办？"他说。

　　"你上吊去，"我说。

　　"在哪儿上？"他说。

　　幸而二姐来了，把这一场给解说过去。我指给他一条路，叫他去睡觉。

　　我不知道他睡着了没有，不大一会儿他又进来了：

"先生，打算跟您请长假！"

"又怎么了？"我说。

"您看，我刚要睡着，小球过来闻我的鼻子。"他说。

"我没让小球闻你的鼻子，"我说。

"可是您叫我去睡觉，"他说。

"不爱睡就不用睡呀，"我说。

"大下雨的天，不睡干什么？"他说。

"我没求龙王爷下雨呀，"我说。

"可是您叫我星期六休息，"他说。

"好吧，你要走就走，给你两个月的工钱，"我说。

"您还得多给点，外边还有点零碎账儿，"他说。

"有五块钱够不够？"我说。

"够了，"他说。

他拿着钱走出去。

雨小了，南边的天有裂开的样子。

老田抱着小球，在房檐下站着。站的工夫大了，我始终没答理他。他跟小球说开了："小乖球，小白球，找先生去吧？"

我知道他是要进来找我。果然他搭讪着进来了。

"先生，天快晴了，我还是出去走一趟吧。"他说。

"不请长假了？"我说。

他假装没听见。"先生，那五块钱我先拿着吧，家里今年麦秋收得不好。"

"那天你不是说麦子收得很好吗？"我说。

"那，我说的是别人家的麦子。"他说。

"好，去吧；回来的时候给我带几个好桃儿来。"我说。

"这几天没有好桃。"他说。

"你假装的给我找一下，找着呢就买，找不着拉倒。"我说。

"好吧。"他说；走了出去。

到夜里十一点，我睡了，他才回来。

"先生，给您桃儿，直找了半夜，才找到这么几个好的。"他在窗外说。

"先放着吧，"我说："蹦蹦戏什么时候散的？"

"刚散，"他说。

"你怎么听完了戏，又找了半夜的桃呢？"我说。

"哪，我看见别人刚从戏棚里出来；我并没听去。"他说。

今天早晨起来，老田一趟八趟的往外跑，好像等着什么要紧的信或消息似的。

"老田，给我买来的桃呢？"我说。

"我这不是直给您在外边看着吗？等有好的过来给您买几个。"他说。

"那么昨天晚上你没买来？"我说。

"昨晚上您不是睡了吗？早晨买刚下树的多么好！"他说。

原载1933年8月24日上海《申报·自由谈》